Robert W. Thom

The Courtship and Wedding o' Jock o' the Knowe

And other Poems

Robert W. Thom

The Courtship and Wedding o' Jock o' the Knowe
And other Poems

ISBN/EAN: 9783337158415

Printed in Europe, USA, Canada, Australia, Japan

Cover: Foto ©Andreas Hilbeck / pixelio.de

More available books at **www.hansebooks.com**

AUTHOR'S EDITION.

THE
COURTSHIP and WEDDING
o'
JOCK O' THE KNOWE,

AND OTHER POEMS.

(THIRD EDITION.)

BY
ROBERT W. THOM.

GLASGOW:
PUBLISHED BY ROBERT W. THOM,
29 GOVANHILL STREET, GOVANHILL.
1880.

CONTENTS.

- - ◆ - -

THE COURTSHIP AND WEDDING

O' JOCK O' THE KNOWE.

PART I.

AN unkent carle was Jock o' the Knowe,
　　A lanely body was Jock;
Or was snawflake or green leaf spread on the bough
　Unresting he wan'ered by hill-side an' howe,
An' gathered wi' mony, I trow, an' I 'tweel,
　　Frae gentry, an' farmers, an' cottar folk,
The awmous bannock an' goupen o' meal
　　Intil his wallet an' pock.

Jock's heid was wee, an' roun' as a ba';
Auld Time had pouther'd his haffits wi' snaw,
His cheeks were broon as the leaf in the fa',
　　That twirls on the tap o' the oak;
He wasna auld, an' he wasna young,
An' a sly wee bird through the country sung,
That gif ony loon wi' a leasing tongue
　　O' the gaberlunzie spoke—

A

Aneath the braid bannet that theekit his bree,
The lichtnin' that slept in ilk bricht blue ee
　　Wi' unchancy meaning awoke;
Then the bauldest birkie that brushed the bent
Skip't oot o' the sough o' the knotted kent
　　In the bancy nieve o' Jock.

On the tap o' the Knowe Jock's wee hoose lay,
Its roof was o' heather, its wa's were clay;
Seen it could be through ilk hour o' the day
　　Frae the country far and near;
Open it stood tae ilk glint o' the sun,
To each star in the lift, an' to ilka wun'
O' the varyin' seasons whase coorses run
　　I' the circle o' the year.

The Knowe was a bonnie spot when the Spring
O' roaring an' ranting had had his fling,
An' had doucely settin' himsel' tae bring
　　Beauty, his bride, tae dale an' shaw—
When the brow o' the primrose was aglow,
When acre-wide furze had lit up their lowe,
An' the green pod brak frae the ashen bough
　　Tae feel the saft win's blaw.

'Twas a bonnie spot when the summer licht
Stretch'd a siller belt roun' the waist o' nicht—
When the aik was green an' the hawthorn white,
　　An' gowans white on the lea;
Or, while low in the west the roun' sun gleamed
O'er the blue hill's crest, an' its radiance streamed
Adoon on the ocean's waves till they seemed
　　Waves o' a gowden sea.

'Twas a bonnie spot on an autumn morn,
When the bee i' the heather-flower blew his horn,
When the sun-glints danced on the yellow corn,
    On the hairst folks gaun a-field;
Or when, through the woods that were turnin' broon,
The win', wi' a saft, low, uncertain soun', .
Piped the melody o' an unkent tune
    I' the gloamin' roun' the bield.

But, losh! when the autumn had dauner'd by,
An' winter reigned 'neath a drumlie sky,
When the rain drave thick an' the wun' blew high,
    Or snaw lay white in the howe—
A wat, a windy, an' wearifu' spot
Was the drippin' an' reekin' wee bit cot
That shelter'd an' held the heid an' the lot
    O' lanely Jock o' the Knowe.

Tae the cot i' the fa' o' a far aff year,
When the leaf on the beech was broon an' sere,
A carle, wha stay'd nae to beck or speir,
    I' the gloamin' cam' through the howe.
The creature had been frae that quiet hour—
Through simmer an' winter, sunshine an' shower—
In cot-hoose an' ha', to kind heart an' dour,
    Only Jock o' the Knowe.

His sorrows, nae mortal their tears had seen,
An' his joys, wha could trace wi' mortal een
On the roun' broon face where their light had been;
    'Twas still as an eerie pool

When the breath o' the wun' has dwamed away,
When the latest ripple has ceased tae play,
'Neath the shadows o' skies sombre an' grey—
    Shadows o' skies at Yule.

O' the forebears frae whilk Jock claimed descent,
Throughout the country as little was kent
As o' maukin's brushing dew frae the bent;
    By dule it maun nurse an' dree
A soul may as far 'neath our social lift,
Frae kinships an' freen'ships o' mankind drift
As leaf on the tree, or star whilk through rift
    O' midnicht cluds we see.

Time cares na' what tune blin' fortune may blaw,
Dew sinking on dew is its saft footfa':
Through years that pouthered his haffets wi' snaw,
    As lithely onward they ran,
Like a restless shadow—an' little mair—
When the trees were leaved, or the trees were bare,
Gaed flitting an' floating, now here, now there,
    Jock, the gaberlunzie man.

PART II.

YE could see frae the Knowe, on a bonny day,
 On the sunny side o' a lang braid brae,
 An ancient mansion, that glintit between
 The trunks o' auld aiks: When leaves were green
      Ye could fancy the sough—the pleasant soun'
      O' their summer murmurings wan'ring roun'
 The hoose, the Laird an' his daughter, Miss Jean—
      The last an' the laneliest—alack were the twa,
      O' the lang line o' Haldanes o' Corby Ha'.

There ance was a time—a mane an' a wail
Steals frae the saft words.   How aften the tale
Breathes the heavy breath o' a desolate clime
That begins wi' the wae words—There ance was a time.
Its the eeriest sough that comes ower the min'
Frae the lan' o' the dead o' the heart—langsyne.
There ance was a time when a fair young face,
Rich in ilk saft, ripe, womanly grace,
Made pleasant the rooms in the ancient place—
      Pleasant the Ha' and spence;
Oh, the bloom was fair on the flower o' life,
When lightly an' brightly the winsome wife
Diffused ower her sphere o' daily duty,
Frae a quiet spirit a quiet beauty—
      The beauty o' worth an' sense;
But loosened, alack! was the silver cord;
The angel who waits on the will o' the Lord
      Had gently beckoned her thence.

There ance was a time, when frae dawning tae gloom,
    The prattle o' weans, the stour o' their daffin',
    An' pleasant soun' o' their innocent laughin'
Brack the silence that broods in an upper room.
Alack! alack! 'mid the balmy breath
    O' early spring, frae the family tree
    How the buds fa' aff, an' silently
    Sink doon on the waves o' that fathomless sea,
    Whilk mortals have named eternity—
That sea whase waters the lamp o' faith
    Sae dimly reveals tae ony ee,
That we see but the sails o' the ship o' Death,
    As it ploughs its depths continually.

There ance was a time when a son did stan',
In the pride o' his youth, by the auld Laird's han',
On that grandest stage for the foot o' man—
Braid acres o' fair ancestral lan';
Bonnie an' bricht was the laddie's morn—
    Oh, treacherous beauty! oh, transient sheen!
    Oh, desolate spot where ye ance hae been!—
Rich was the promise o' heart an' mind;
    Sae rich, an' rare, an' ample, that crouse
Auld seers through the country-side divined
    A dawn o' pomp for the ancient Hoose;
An' the prophet Hope sang loud that Fame,
    The chiel wi' the siller horn, would blaw
Through the courts o' coming ages the name
    O' ae worthy Haldane o' Corby Ha'.
But alack! alack! tae a morn sae bricht
    'Twas fated that there should never come
Ower the swellin' waves o' the sea o' licht
The ripeness, richness, an' fulness o' noon:

In midst o' the mirth o' ae bonny June
   The fabulist Hope was smitten dumb;
Another an' eerie an' waesome tune
Blew the fickle chiel wi' the siller horn,
Then the lep'rous finger o' public scorn,
   Aye ready an' willing, it wasna slaw
   To wag at the Haldanes o' Corby Ha'.
O' his son the auld Laird never spoke:
   Dree years had wan'ered ower valley an' shaw
   Sin' the face o' his picture was turned to the wa',
Sin' his foot had trod the ancient oak
   O' the floor o' the spence o' Corby Ha'.
To the auld Ha' hoose were tidings brought,
   When snaw lay white on ilka hill,
When the gurly winds o' December fought
   On muirland an' fenland their waefu' fill,
That the luckless heir was hid frae the breath
O' the scorn o' the world an' hand o' scaith
I' the land where the Lord o' a' is Death.

If he grieved, the Laird kept his grief to himsel';
How he bore wi' his loss not a soul could tell;
A loss o' the kind, where affection an' love,
   In their waefu'est mood, can do naething, save
Spreading a mantle o' silence above
   The silence that wraps a dishonoured grave.
Alack! alack! for the time that had been!
   Now ae bonnie lamb was a' that was spared
   In the ance fu' fauld o' the feckless Laird—
His daughter and heiress, bonnie Miss Jean.

Thirty springs had spread their mantle o' green,
Daisy dappled, roun' the feet o' Miss Jean;

Thirty simmers had sung ower the head o' the quean;
But the thirty cauld winters that lay between
Had a wee thing blighted the bloom o' the sheen
   That flickered an' played in the days gane by
   On lips an' on cheeks, O, sae bonnilie!
'Neath the saft bricht licht o' twa dark blue een.
Yet bonnie she was in her womanly vigour,
Tall was her stature, an' graceful her figure,
    An' light was the fa' o' her feet;
    Coral wi' coral her lips did meet,
Or parted to shaw the gleam o' the pearl;
    The soun' o' her voice was low an' sweet;
Saft was her smile, an' kindly an' winning;
He were cauldrife o' saul that was lang in beginning
      To feel an' see
      Wi' heart an' ee
Why laird an' loon had come to agree,
In ca'ing sae leesome an' lo'esome a quean
As the Laird's ae daughter, bonnie Miss Jean.

It might be that the dour auld Laird
Felt mair his son's death than he cared
   The outer warld should know;
There are, in our bleak waste o' sin,
Stour natures that will bleed within,
   Nor own the mortal blow.
It might be that the want o' cash,
An' debt an' law an' a' its fash,
   An' whisky in ilk season,
   Were a sufficient reason
Why Death should silently perform
For him, poor man, in a brief form,

The melancholy duty
He maun discharge till auld an' young,
Till carle cowering ower a rung,
    Till callant in his beauty,
Intil the king that wears a croon,
    Sic' the inexorable law,
An' e'en sae till his brother loon
    That begs beside the wa'.
When January win's rair'd i' the lift,
    An' ice-bound ilka brook stood still;
    When snaw-flakes scoured the side o' the hill,
An' ghastly gleamed the deadly drift,
    I' the howe o' the night Death made a ca'
    At the ancient hoose o' Corby Ha';
Through the gloom o' gray an' early morn
The news to cot an' farmstead was borne,
    That the Laird, puir body, had gotten awa.

The Laird, puir body! does it not make
The kind heart wae for poortith' sake,
To hear God's guardian o' His fauld,
    His steward paid sae bounteously,
His lamp to the young, His shield to the auld
    Spoke o' by puir folks lightenly?
    E'en let that be as it may be,
O' Corby Ha', it bides nae doubt,
'The Laird, puir body,' just revealed
    The image whilk his act and thought
    Intil the general mind had wrought;
Its native flower each seed will yield;
    Its ain leaf fa's on ilka root!
A wee ower lazy tae dae mickle good,
    A wee ower feeble tae gang far wrang—

The evil privilege o' the strang;
In a kind o' dazed an' dreamy mood
    The path o' his mony years was trodden,
    Till thocht an' feelin', grown sickly an' sodden,
Clung fest'ring an' foul roun' the mickle-mouthed elf,
The demon whilk mortals will worship—self;
    Ower his feeble soul a pestilent dew
    Frae his baser nature gathered, an' slew
Ilka bud o' promise.   Through a' his years
    Deft Charity—worker in holy Love,
Soother o' sabbings and drier o' tears,
    Frae the hearts o' the poor for him had wove
Nae garment o' blessings Pity could fauld
Roun' the desolate heart, tae keep oot the cauld
Blasts that will drift frae misfortune's bleak warld.

Wha seeks but for the penny fee
    In God's grand vineyard gets nae mair!
Weave garments frae the yeasty sea,
    Shape croons frae mornings caller air,
Bind up the oak, whilk in its passion
    The lightnings o' the storm has broken—
    Ye'll sooner do or ane or other,
    My puir, forefoughten, blinded brother,
Then frae a selfish heart ye'll fashion
    A true life's hallowed living token,
    The priceless robe o' whilk we've spoken!

    Sackless he sat in his elbow chair,
An' looked wi' a dim bamboozled ee
    On bubbles blawn by the carle Care;
Bubbles, dour will, an' some glimmer o' sense
Had blauded an' dauded frae ha' an' spence,
As the stour blast dauds the venturesome mote

That fain on the wrath o' its course wad float;
As the free win' flaufs the foam frae the billow
It has doughtily rowed to be its pillow;
    But will an' sense had nae native lair
I' the auld Laird's mind, or had flitted thence,
    An' the strength for dreigh wark wasna' there;
Sae he sat i' the spense o' Corby Ha'
    Wi' a heart that was aften sad an' sair,
Watching his angels fleeing awa,
    An' grew as the years drave by, tae be
Just a puir body, an' that was a'.

The Laird was nae mair. His timeous doom
Shed little o' sadness, an' less o' gloom,
    On thought i' the country side;
But when he was laid in the Haldane tomb,
Auld wizend wives an' queans in their bloom
    Gathered frae far an' wide;
Wi' loons frae muirland, an' holm, an' lea,
Tae look on the stately company,
An' the plumed hearse, as solemn an' slaw,
They wound doon the way that led frae the Ha'—
    Syne as they daunered back,
Ilk ane tae their hame, wi' thowless speed,
They paid as they gaed their dues tae the dead
    A fusionless tribute—a babble o' talk.

Talk winna keep a memory green,
        'Tis prayers an' tears,
        That through the years,
Mak's deathless that which ance has been;
    If prayer did rise or tear did fa',
'Twas breathed and shed by bonnie Jean,
    Now left her lane in Corby Ha'.

PART III.

WHEN the country was laughing in lightsome June,
    Ae day that had worn through the afternoon,
       Miss Jean, tae while an hour away,
       Speeled bonnie Langley's gowanie brae;
    She sat doon on a braid grey stane
    That on the green tap lay its lane
       In kingly solitude,
Syne looked she doon the laigh hill-side,
An' wi' a kind o' mournfu' pride
       The scene beneath her viewed.
Braid acres—a' her ain—were spread
Aneath the light the low sun shed—
       A glorious golden flood—
It glinted on her Lowden Law,
It low'd on ancient Corby Ha',
       An' ower the auld aik wood.
Her first thought was how a' her kin,
Sisters an' brothers—ane by ane
       Had passed on tae the tomb;
Her father, fu' o' feckless years,
Her mother—here 'gan rise her tears—
       In a' her matron bloom.

Alack! there was nae living han'
Tae dry her tears—puir quean—-sae whan
       She'd gratten till her heart's content,
She did as ither sauls have done—
Turned tae the never setting sun
       A face a' tear besprent;

An' nursed the hope that in her mind
Faith, the fast freen o' human kind,
   Wi' eident hand was storing,
That they were blest 'mang scenes mair bricht,
An' that a far diviner licht
   Roun' their puir sauls was pouring;
Syne, when the gust o' grief had passed,
Serene an' calm her glance she cast
   Ower holm an' haugh, an' saw
The blue reck curl intil the sky
Frae where low in the dell did lie
   Bonny Drumracket Ha'.

Bricht blushes brack frae their ain pure source,
   An' deepened till where the lily had shawn,
On her bonnie cheeks lay the living glow
   O' the red, red rose that has newly blawn;
Ilk dark clear ee was uplit wi' a lowe
   That wasna the flame o' holy loving,
An the cauld, wan smile o' a weel-nursed scorn
   Ower the bloom o' her dainty lips was moving.
She thought o' the words Drumracket ae night
   Lightly 'mid fumes o' punch had spoken,
An' whilk, being borne tae her ears, her bricht
   Young loving heart amaist had broken.
The pain o' the time was vanished an' dead,
   The pain that through mony a day she'd borne;
An' now in her heart there dwelt in its stead
   But a living an' lively weel-nursed scorn.
The elf i' the mind, that in Ha' or chammer
   And e'en on the open hill-tap will talk,
In her palace o' thought woke it's wearyfu' clamour,
   An' this is the burden o' what it spack:—

2

He said, i' the routh o' his drucken glee,
  Wi' a laugh in his bleared an' misty een,
  "Troth, the Laird's lang dochter, bonny Miss Jean,
Maun wait a wee gliff langer for me."
Sae he spak' in his pride, the drucken coof,
As gin my puir han' was made for his loof,
    An' was langing tae lie in its fauld;
    Now, gin the truth maun be fairly tauld,
The hope o' my heart is that he may yet
Hae saved frae droonin' in toddy the wit
Tae see hoo yon holm an' yon holm wad fit—
Hoo bonnie an' braid united they'd bask
I' the sun o' the south; an' that he may ask
For the han' o' the Laird's lang dochter—than
I'se laugh i' the face o' the fause-hearted man:
Syne I'll up an' say—"A coof o' your kind
Is no exactly the man tae my mind!
The tocherless dochter maun aften take
The loot or the loon for the siller's sake;
For the state—though 'mid it her heart should break—
That she winna want an' she canna make;
That the Laird's puir bairn, when her heart was proud
O' her skin o' snaw an' her hair o' gowd,
Wad hae sold hersel' 'neath a social law
For Drumracket Holms and Drumracket Ha',
Hiding the loathing she couldna' but feel,
At haeing tae haud on by the Laird as weel,"
Troth, that wad I say, and I'd say, beside,
Wi' a Haldane air an' a Haldane pride—
"Though the bloom on her cheeks is somewhat blawn,
    The mistress o' Corby Ha' an' its lan'
    Kens the market value o' her white han'—
    There's a lasting beauty in lan' an' gear!

Ae word Drumracket, intil your ear—
What think ye o' Calmsoughie's knight?
My Lady—certies—an' the right—
What brings that gilpie here?

'Tis the lassie Peggy speeling the brae,
Sirs what can hae come ower the sonsy quean;
A laugh lights ilk ee, that's black as a slae;
On her pawky lips there's a sunny sheen—
A laugh o' the heart that mauna be seen;
Sae, demurely she louts her head;
There's a gentleman wants tae speak wi'e, Miss Jean,
His like in the spence there has na been seen,
An' he bad me sae lightly speed.

PART IV.

LOWLY, Miss Jean took the hameward gate,
She wadna hurry—the man might wait—
   But the question bizzed in her brain,
Now, wha can it be? an' what can he want?
She thought ower ilk freen', or sinner, or saunt,
   But her thinking was wair'd in vain.
When her foot on the first white step she placed,
Then a thought jamp intil her mind in haste,
   That brought her until a stan'.
In the spence?   Could it be Calmsoughie's knight,
Wi' his lang white face, an' his hair sae white,
   An' his stately bow, an' his auld warld air,
His gowd-rimed specks, an' his gowd-headed cane,
An'—love an' respects tae bonnie Miss Jane.
   Or to the spence door she wan,
Her heart beat fu' fast, an' bonnie the lowe
O' blushes alang ilka saft cheek ran;
She thought tae hae kept him sae lang a sin,
Syne she opened the door an' stepped in;
   An' wha should she see sitting coothily there,
   In the seat o' honour—her father's chair—
   (The wan sun glint on ilk dark broon han',
An' the wan sun glint on his speckled pow),
But Poverty's shadow—Jock o' the Knowe,
   The wandering gaberlunzie man!

Ay, Jock i' the Laird's arm-chair did sit,
His braid Scotch bannet lay at his fit,

An' his knotted kent—oh! wha but it
  Leant bauldly 'gainst the wa';
    Stood wallet an' pock,
    On the floor o' oak,
  I' the ancient spence o' Corby Ha'.
Wi' a lowe o' wrath in her bonnie een,
Dazed and dumfoundered stood Miss Jean,
  Misdoubting the sight she saw.
She looked up, she looked doon,
Look'd straight at Jock, an' syne a' roun',
Then cried, in tones whas silvery soon'
    Was shrill an clear
    As trump o' wier,
  "What brings you here—
Here, in the spence, ye menseless loon?"

Nae struggling blush could hope tae break
The aiken hue on Jock's broon cheek,
But the shrill blast gied him a stoun';
  His look was the look o' a carle who,
Being ower rash wi' his cutty spoon,
  Had sca'ded his mouth wi' het kail-broo;
Bamboozed a wee, but naething dismayed,
He lootit his head fu' low an' said—
  "I c'en, an' it please ye, cam tae woo."

The red bluid rushed to the lady's cheek,
But for very wrath she couldna speak;
    Sae Jock held on
    In his saftest tone—
"O, but single bliss is a thowless life
  For auld or for young I trow,
I'm willing to mak' ye the lawfu' wife
  O' honest Jock o' the Knowe.

B

Sit doon, Miss Jean, like a lass o' sense,
A lady's wooer should talk i' the spence—
    I' the spence my tale maun be tauld;
Listen an' whisper, nor nay nor yea;
Gin when ye've heard me say my say,
    Ye'er still o' the mind that the cauld
Warsh tide o' time maun scurry between
    Oor separate lives, why then, I trow,
Ye'll still be lanely bonnie Miss Jean,
    An' I shall be Jock o' the Knowe."

Doon sat Miss Jean; till her dying day
She couldna tell what made her obey;
She only could say or maybe wad say
There was that i' the man that wadna take nay.
    There are sour bodies wha cry "Indeed!
    The riddle is no that hard tae read;
There's a sough," they say, "on ilk wandering wun',
That, gin they were sought for, there might be fun'
        Braw lasses in ilka lan',
Whase pure prood spirits are no above
Tholin' a quiet crack anent love,
        E'en wi' a gaberlunzie man."

Wi' his richt foot set upon his pock,
His broon loof laid upon his knee,
An' a forward bend o' his waesome face;
In a voice that stealthily awoke
    I' the heart a loving sympathy,
An' shed a subduing but nameless grace   .
Ower his hamely phrases, this said Jock:
" Ye ken Kinheft; ye ken its laird;
    He's living, but could weel be spared;

Afore that ye were born
He played a prank—brak hearts, crazed brains,
An' for his ane particular gains
Haurled scores o' sauls o' sackless beings,
Auld carles, wives, an' feckless weans
    Through burning scaith an' scorn.
Tam Gripper, then nae laird atweel,
Maun up the social ladder speel
    Whaever raise or sank.
He thocht until he saw his way,
An' sae ae bonnie simmer day
He pat in print 'twas in his heart
Within the market-toon tae start
    The gran' Gold Spinner's Bank.
Tam scour'd the kintra far an' wide,
    An' talked an' talked wi' auld an' young,
    Till bank-notes rustled on ilk tongue.
Till a hunner lairds, an' mair beside,
Wha's lumpit lear could scarce contrive
To tell hoo mony beans mak five,
Grown ower their toddy crouse an' canty
Talked loud an' learned, an' lang an' vaunty,
O' capital, scrip, dividen',
An' wealth that had nor boun's nor en',
Whilk coofs wad haurl frae the bank
Without or stirring han' or shank.
An' syne they threep'd an' bragg'd an' drank,
Till greed, fed on sic dainty fare,
Eat up what sense the punch could spare,
An' Tam disposed o' ilka share
I' the gran' Gold Spinner's Bank.
The croon o' the causey Tam maun tak,
Wi' his hunner blear'd lairds at his back,

An' plant his Bank. 'Twas dune! alack,
It raise, an' rair'd, an' blew, an' brack
    A' in due season; syne Tam Gripper
Sat dousely doon in sweet Kinheft,
'Mang howes an' gowany knowes, an' left
    His hunner lairds tae pay the piper.

"Nae doubt, Miss Jean, yer won'ring what bearing
The Laird o' Kinheft, his Bank, an' its breaking,
Can possibly hae on the marring or making
    O' the courtship o' Jock o' the Knowe.
    Things hang queerly together I trow!
But for the Bank o' whilk you've been hearing,
    It's mair than likely ye wadna hae been
    On this afternoon, that's wearing till e'en,
Set doon i' the spence where yer faithers hae sat
    Whan their name was lood i' the lan',
Enjoying at leisure a quiet chat
    Wi' a decent gaberlunzie man.
Thole a wee, Miss Jean, an' I'se scale yer wonner,
Your faither was ane o' Tam Gripper's hunner
O' lang lugget lairds, an' the braw Bank smash
Was the loss, nae light ane, I trow, in cash
    O' mair than twa-thirds o' the no sae slim
    Estate his faither, douse man, had left him.
Dumfoundered the Laird stood amid the crash,
He swore like a sinner, he prayed like a saunt,
But through neither course could supply the want
O' the siller; syne he cogged wi' twa
De'il's bairns, ilka ane o' the whilk could thraw
    A dizen Lairds like Corby Ha',
    A mortgage deed, an' Rab M'Claw
    The lang incarnate curse o' law.

"Wise folks frae lang experience ken
  Ae dule will beck another ben',
An' sae they e'en sit couthilie still,
  Till aff shall scour the present ill.
But there are folk maun oot an' shore,
The red-wud bull might pass their door,
Will flaff a clout in a creature's eye,
Might hae tossed his horns an' scurried by.
The Laird, say we, wi' a' respect,
Ower aften wrought to that effect,
An' sae when cash was wanted maist
'Tis hame he brought wi' waefu' haste
A young, blithe, brisk, untochered bride,
An' set her by an ingle side,
Far ower familiar wi' the law,
Wi' debts, an' duns, an' Rab M'Claw.
Then cam' the weans—atweel, what than?
They're wealth, they say, ken a' about it,
  They dinna help to turn the han',
When siller's scarce an' credit doubted,
  Opines the gaberlunzie man!
Affairs were bad, an' looked worse,
  But ablins might in twa three year
Hae driven intil a better course,
  But there wi' his dementing lear,
An' leesing tongue an' greedy maw,
  Sat blawing in the dyl'd Laird's ear,
That imp o' Satan, Rab M'Claw.
Syne ilka honest claim was doubted,
Was talked on, writ on, an' disputed;
'Twas first this plea, an' than that plea,
Till ilka pun' o' debt was three,
An' aft wi' a heart that was aching sairly,

The Laird maun ha' wished, baith hooly an' fairly
That Nick the auld had brunt the law,
An flown aff wi' Rab M'Claw.
It tak's nae wisdom's fullest blaze,
Tae see the wherefrae o' maist waes;
In greed the Bank disaster rose,
The wife—O saft be her repose—
   The bairns—frae heaven we'll say were sent,
An' there can be nae doubt ava
That Satan added Rab M'Claw.
   This way an' that the pun's were spent,
Ere sax years warsled ower his head,
The Laird maun chew the bitter weed
Whilk he had ance ower aften preed—
Maun sign a second mortgage deed.

"Still it was duns an' debt an' dules,
   Life's corn was spent, an but the hulls—
      The thowless hulls were left;
These he maun pree, sad an' alone,
While auld time freens were fawning on
      The sleek Laird o' Kinheft.
Nae doubt, Miss Jean, a' will come right,
When saul shall walk 'mid holy light,
      Within the land sublime;
But in our warld, for some wise cause,
The cauld clud aft on weakness fa's,
      While sunshine plays ower crime.

"An' then the crooning sorrow came—
   Its waefu' source I winna name :
The gloom that has reigned sae lang in the Ha',
The picture wha's face is turned tae the wa',

Maun through dree years tae you hae been
Dour records o' the dule I mean;
The Laird was crushed in saul an' mind,
   An' set the seal o' an absolute fate
   On the glory o' the Haldane state,
When mortgage deed the third was signed.
An' then—but why should I reveal
What love an' pride strove tae conceal?
Through years in whilk bauld cares were rife,
   He sat intil this room;
An' felt that in his feckless life,
   'Mid much he blamed, an' couldna blame,
   The Haldane state an' Haldane name
   Had drifted to their doom.

"Change comes ower change; nae earthly lot
   Or bright or dark endures for ever;
Time will untie the dourest knot;
   Death doops doon on the langest liver.
An' syne the laird, puir suffering man,
Ae night, between the dark an' dawn,
Slid frae life's carks an' a' its frets,
An' left his lan' tae pay his debts.
We'll hope his puir forfoughten saul
   Now sits serene amid the glory
That lights the grand Eternal Hall.
   Alack! the burden o' my story,
Whilk I am laith that you should hear—
   My heart is wae for ye, Miss Jean,
   Already, certies, ye hae been
Ower weel drilled in misfortune's lear—
Is, Bank, wife, bairns, an' Rab M'Claw—
The fair an' foul—hae flown awa
Wi' ilka rigg o' Corby Ha'.

"Ask Rab M'Claw, e'en as soon as ye dow,
The loon shall swear by the skin o' his pow
I hae spoken the truth, nor mair nor less;
Troth, my heart is wae for your sair distress—
But pity o' an earthly breed
Canna dicht oot ae dulefu' line
Writ doon intil a mortgage deed.
There's just anither fact: Ye'll fin'
Ae close, but no unfriendly han'
Hauds ilka claim against the lan'—
'Gainst ha' an' holm, an' haugh an' lea,
The fatal deeds, ane, twa, an' three.
I dootna your mind, through the blinding mist
O' a sorrow o' whilk ye little wist,
Is wan'ering an' asking, Wha can he be,
That fate o' auld families, the mortgagee?
I see by the blush that begins to break
Through the lily's sheen on ilk bonnie cheek,
That ye've got a glimpse o' the truth: I trow
He's just your braw wooer, Jock o' the Knowe!

"Jock o' the Knowe? aye; now, Miss Jean,
Let me advise ye as a freen'
Mate wi' the gaberlunzie man!
Ye're a' yer lane,
The gear is gane—
A withering wun has rudely blawn
O'er the budding flower
O' pomp an' power,
An' has its bonnie petals strawn.

"Ye hae freen's! tell what has passed atween
Us twa anent the lan' this e'en,

Syne, wi' to-morrow's dawn,
Look for them! Wi' a vain regret
Ye'll fin' ye've sought a wee ower late:
The cloud is forth, the stars are gone!
    Fa' ye intil my plan,
Let pride haud on its ain bleared gate,
    Mak freen's o' haugh, an' hill, an howe;
Act like a lass o' sense! haud on
By Corby Ha', an' share its state
    Wi' lanely Jock o' the Knowe!

"Tak ye, Miss Jean, my word o' honour,
Worth, I am bauld to say, a hunner
Stout aiths recorded every hour,
Nae winsome wife in ha' or tower
Shall walk mair douce, or trig, or braw,
Than her wha rules in Corby Ha'.
Ye're thinking I'm rough, an' lackin' o' lear,
Hamespun, a wee thing auld-farrant an' queer,
An' likely tae tempt the geck an' the jeer
O' the gentle folk wha visit ye here.
A' this may be true; but hae ye nae fear,
Your courtly manners come fu' aft
Frae feeding weel an' sleeping saft,
Frae the dreigh real o' wark shrinking
As something base, an' frae the thinking
Less o' life's game than hoo tae play't,
Less o' what's said than hoo tae say't,
Less hoo tae act, an' think, an' feel,
Than bein' what is ca'd genteel.
Now, it may hap—for stranger things
The whirligig o' fortune brings—
When I hae drunk o' the soothin' draught

O' lip respec', an' felt the fauld
O' lairdship keeping oot the cauld
Snell blast o' the uncivil warld,
Through whilk sae lang thin-cled I've harl'd,
That I may in my season thraw
The hull o' the Gaberlunzie craft,
An' be baith douce, an' clever, an' braw,
A mense tae yersel' an' Corby Ha'.

"What's meal but corn that's cast its hull?
  Troth, he would be dorty fule,
  Deserving through life's mire to snool
    On cauldrife fare, I tweel,
  Wha'd cry alack-a-day or dule,
  An' hae beneath his saucy nose,
  Tae bake his bread an' mak' his brose,
    The guid aitmeal.

"For you mine's been a waefu' tale,
  But in this warld, grown auld an' hoary,
  There's a sough o' sorrow on every gale,
  A stoon for some heart in ilka story.
  Folks maun hear, growing wiser frae the hearing,
  They maun bear, growing stronger frae the bearing!
  The gift o' choice is no aye given
  Beneath the broad cauld waste o' heaven
    Tae saul in sorrow's hour;
  Let Prudence saftly put aside
  The dorty gabbing carle, Pride,
    An' wisely use the power.
Just what we'd like, unmixed an' pure,
Fa's tae the lot o' few; an' fewer
    O' us at Wisdom's ca',

Beneath braid storm or sunny lift,
Unquestioning tak's his amous gift,
   An' blithely hauds awa.
Wi' greedy an' bedizened eyes
We pick an' choose an' criticise,
Till entered on the gate that lies
Through social mire an' mud,
An' forced tae tak what we can get—
(Likin' no thought on)—we maun sit
   Doon in oor drizzly clud.
Act ye the wiser part, tak what
Is gi'en, an' be content wi' that—
   Your po'er o' choosin' lies
'Tween wealth in comforts douce an' bauld,
An' poverty, frae wha's toom fauld
   E'en decent freenship flies.

"The warld's the warld: alas, alas!
The weel-born pun'less lan'less lass,
   In beauty maist divine,
The man wi' gowd will lightly leave
Her web o' thowless hopes tae weave,
   Her thread o' mist tae twine,
Though roun' her name auld glories hung,
An' she in a' her pride, had sprung
   Frae stout, staunch Cederic's line,
Content tae wed, for golden gain,
Some quean, wha's bluid had warmed the brain
   O' Gurth, wha fed his swine.

Tak heed tae the whispering o' douce common sense—
An adviser wha's counsel brings least expense—
An' turn nae ower rashly frae heart an' frae spence,
   A leal wooer lightly away.

Grip ye at a state whilk nae loon daur scorn,
Keep safe i' the sphere into whilk ye were born,
Haud on by a state the whilk ye adorn,
　　Haud on by Corby Ha'.

"Just ae word mair.　There will be nae waste
O' precious time in shunnin' haste:
Resolve is sickerest when its placed
　　On a foundation wrought—
When every sense is unperplexed,
An' ilka feeling flows unvexed—
　　Within the mind by thought.
Then tak meet time or ye decide,
But, ah, lass! dinna let blin' pride
Turn ye frae Wisdom's path aside;
　　An' when its firm intent
Your sad, calm mind shall understan',
Ye'll write it wi' yer ain white han'
In plain, braid terms; your letter can
　　Up to the Knowe be sent."

Throughoot Jock's speech, wi' a dreamy air,
　　Wi' pale, pale cheek, an' tearless ee,
　　Listened Miss Jean, while steadily
Wi' the sough o' words o' doom, the carle
O'erthrew her state frae her faither's chair.
She listened until she grew aware
　　O' unfamiliar music breathing—
Deftly an' saftly amid the passion,
Conflict o' mony a mixed emotion,
　　That in her troubled mind was seething—
A sense that was warldly, an' compassion
　　That had nae the savour o' the warsh warl'.

As Jock held on wi' his waefu' narration,
   Frae dule tae dule moving steadily,
   Pale, an' sad, an' forlorn gazed she,
Through the waining sheen o' her ancient station,
   On the earnest face o' the lanely creature,
   And heard him reveal his inner nature
Wi' a kind o' wonderin' admiration —
A kind o' pure, sad, saft respect —
   A kind o' reverential pity—
The whilk might in their joint effect
Yet aiblins through time's influence prove
   A leal guide tae a pleasant city
O' refuge for the callant Love.

She raise when her wooer ceased to speak;
Oh! white as the young moon was her cheek,
An' her brow was white as the drifted snaw;
She said —"I will speak wi' Mr. M'Claw
An' send you my answer in a week."
   Syne, wi' a Haldane air, she did shaw,
Courtly, an' calmly, an' kindly—Jock,
Braid bannet, wallet, an' kent, an' pock,
   Tae the door o' the spence o' Corby Ha'.

PART V.

WITHOUT an address, an' bearin' nae name,
  On the same day next week a letter came
  At e'en tae the Knowe, while at supper sat Jock,
      Mid a clud o' reek wad hae graced a kilnogie;
  His knees were the table, his bannet the claith;
  Tae hae starved his brose troth he wad hae been laith,
  Sae he e'en laid the letter weel oot o' scaith,
  An quietly supped till he'd emptied his cogie;
Then he pat his braid bannet firm on his head,
  Syne his stout knotted kent he planted between
His knees, an' prepared at his leisure tae read
  The lang-looked-for letter frae bonnie Miss Jean.
Certies the lady was swear o' writing,
Thus ran the letter o' her inditing—
"I've had a lang talk wi' sleek Mr. M'Claw,
I'se tak your advice an' haud on by the Ha'."

The news ower the hale country ran
  As fast as breath an' feet could carry,
  That Corby Ha's braw quean would marry
Wi' Jock the Gaberlunzie man.
Hoo lads an' lassies gibed an' laughed,
Jock was wiley; Miss Jean was daft;
  But the wise o' the true auld country breed—
They wha niffer counsels at will wi' fate,
While their charity keeps its awfu' state
  In the empty hull o' a mustard seed—
Kent brawly what was what, sae the cry
O' their sauls had the sough o' prophesy.

'Twas thus ilk lunting oracle spoke,
Frae amid a clud o' tobacco smoke—
"Wha leans on Satan mak's little speed,
      He fishes for men wi' a gowden bait !
What legions o' puir sauls, alack,
      Sin'—dulefu' day— frae Eden's yett
Oor puir demented forebears set
Bleared faces to their eerie gate,
Bamboozed by luring pun' an' plack,
      Becked on by warldly greed,
Hae entered till that region where
The Prince wha rules the po'ers o' air
      Geeks his infernal head."

On ae thing they were a' agreed,
      An' held, as 'twere, a saving faith,
A sudden doom wad doop on Jock :
That trigged wi' wallet, kent, an' pock,
      An ghastly, in the hue o' death,
Some midnight wad look on the wee sinner shogging
Tae the weel-earned reward o' scheming an' trogging,
While lood, an' aye looder, the sommonser's ca'
Wad soond through the grand rooms o' Corby Ha'.
They were wae for Miss Jean, sae bonnie an' braw,
But troth, i' the matter they plainly saw
      The workin' o' Satan's cunnin' han',
Else hoo could a Haldane o' Corby Ha'
      Loot doon to a Gaberlunzie man?

Losh, how gossip, the leesing auld hizzie,
      Puffed oot her cheeks, an' inflated her lungs,

Haudin' the country-side windy an' busy
  In the riot o' rumour, an' loosin' o' tongues.
The talk in the ha'-hoose, the talk in the manse,
  The talk in the barn-yard, the talk at the wheel,
When freens ca'd on freens, or foregather'd by chance,
  The talk on the busy an' breezy wark-field,
The talk on ilk hill-side, and doon through the howe,
Was o' bonny Miss Jean an' Jock o' the Knowe.

The Laird o' Drumracket was sair put aboot,
He drank, an' he drank, till there can be nae doot
He drooned the wick, sae the lamp gaed oot,
  An' his brither drank in his stead.
But nae heed took Jock or bonny Miss Jean
  O' the country clash, or the drucken Laird,
They held on their gate as though they had been
  By the jewelled han' o' propriety paired.

Whatever at first Miss Jean might hae thought,
  To ilka ane it was evident noo
That the dainty spirit wha deftily wrought
The lightsome sheen roun' her bonny white broo,
In its beauty sprang nae frae Haldane pride.
Gossips could tell hoo she sat in the Ha'
  Blithesome an' bonny, 'mang bridal array,
An' looked forward, as look should a bride,
  Wi' a cherry heart tae her wedding day,
    Fixed for July—the twenty-third—
    Bright month sae dear tae flower an' bird.

Nor laird nor lady Jock wad ca'
Tae the wedding-feast at Corby Ha';

But a note o' warning he gar't blaw
Through the waefu' Gaberlunzie lan'—
      Tae the effect
      That he'd expect
      On his wedding-day,
      A' their array—
Fiddlers, fifers, an' bagpipe blawers,
An' a' the dolorous singers o' ballants,
Family groups, an' carles, an' callants,
Ae-armed sodgers, an' ae-leg'd tars,
An' a' the fat tribes o' the barrow folk.—
In short, ilk professor o' wallet an' pock,
Frae muir-side, hedge-side, hill-side, an' shaw,
Wi' every wean an' wife o' their clan,
Tae come in their wark gear an' toom the can,
An' feast an' sing, an' crack an' craw,
An' dance in the barn at Corby Ha'.

Wide flew the note 'neath the summer sky,
   Through starry night an' through morning grey,
An' brought a tear intil mony an eye
   Where tears hadna aften their wilfu' way,
As the mindfu' kindness intil it spoke
Tae the hearts o' the gaberlunzie folk.
Oh, holy's the fruit that kindness bears!
   Oh, blest is the blessing gratitude breathes!
Holy water—go gather the tears,
     The dew o' a desolate spirit, whan
   The love o' its God around it wreathes
     In the hallowed breath o' a brither man!

Ower simmer bloom, through simmer balm,
The bricht hours trooped on, till cam'

I' the month sae dear till flower an' bird
The waddin' day the twenty-third.
Bricht raise the sun frae the siller sea
That fringes auld Scotland bonnilie,
Poorin' prodigal bounties doon
On loch, an' hill, an' tower, an' toon,
On lanely cots 'mid muirlands sittin',
    On ancient ha's 'mid green woods hid;
    An' syne through window panes it slid,
Intil the een o' auld wives knittin',
An' played a thousand gambols, flittin'
    Ower bonnie lasses blithely spinnin';
Then far an' braid ower brae an' glen,
It poured its rowth o' beams on men
    Their bread in seugh an' furrow winnin';
Syne laughed through their white hawthorn shield
On wee herd laddies far a-field.
But ere the sun had climbed sae high
    That the wee dew-drap thought o' flittin',
Ilk lass had left her spinnin'-wheel,
    Ilk auld wife thrawn aside her knittin',
Ilk weeder had forehowed the furrow,
    Ilk ditcher frae his darg had hurried,
An' ilk wee herd had left his kye
    Tae dauner e'en where they thought fittin'.
They stood by door, by yett, an' by stile,
    Wonderin' an' fearin', perplexed an' flurried,
Agape an' agaze an' bewildered, while
    Aneath the bonnie blue mornin' sky,
Wi' open flout an' sidelang leer,
Or merry laugh an' lightsome jeer,
Or a lang-drawn grane, an' a bitter gibe,
    On their way tae the Ha' gaed troopin' by

The ragged gaberlunzie tribe—
Sailors wha never had seen the sea,
  Sodgers wha never had dreamt o' war,
Blin' bodies unco gleg o' the ee,
  Kilted pipers wha ne'er saw Braemar,
Braw musicians, withouten a tune,
  Wha blew on the pipes, or couthily fiddled;
Lang prophetesses, lank an' broon,
  Wham their goddess, Fortune, sair had diddled;
Mony an ancient auld-farrant carlin',
  Wi' furrowed broo an' sun-burnt gizzen;
An' sturdy hissies, onward harlin'
  Their duddy weans by the dizzen.

Through a' the early mornin' prime
  They flowed 'lang ilka public way,
In every heart the fixed intent
  Tae wrest frae Care ae blithsome day,
An' snatch the blessin' o' the time.
        Sae laughin' an' learin',
        Sae jokin' an' jeerin',
In their ragged regiments they trooped by,
Through the braid bricht mornin' o' blithe July,
Resolved in ilk heart, tae their utmost might,
Through a' the lang day an' far intil night,
  Tae feast an' sing, an' crack an' craw,
  An' dance i' the barn at Corby Ha'.

Lightly an' brichtly the sun sheen ran
  Ower the cot that sae lang had sheltered the pow
O' the lanely gaberlunzie man,
  On the waddin' morn o' Jock o' the Knowe:

Lightly an' brichtly the merry sun sheen
  Shimmered an' shone on window an' wa'
  O' the ancient hoose o' Corby Ha',
On the waddin' morn o' bonnie Miss Jean:
Oh, lightly an' brichtly it flashed an' broke,
  An' fluttered an' danced at its ain wild will,
Ower the braid park, studded wi' mony an oak,
  That stretched frae the Ha' tae the fit o' the hill.
An' lightly an' brichtly, as fays i' their glee,
  They streamed through the flush o' the mornin' air,
On the clans o' the gaberlunzie folk,
  In their ragged numbers gathered there.
Troth, it's a doubt if ever the ee
  A queerer gatherin' o' mortals saw,
Than that which pressed the gowany lea
  O' the sun-kissed park o' Corby Ha'.

There, wi' his back against a tree,
  Frae his companions weel apart,
        It might be
        Silently
  Nursing the memories o' his heart,
Sat the wreck o' a ae time stately man;
  The morningless night o' his rayless eyes
Turned tae the glorious eye o' Nature—
  His bare brow raised tae invisible skies,
        While roond his heid,
        Whilk aft had dreed
  The wrath o' storms that fierce an' free
Through the mirk o' midnights ran,
An' ower haffits, lairt an' lang,
The white sun glints, a countless thrang
        Held soon'less jubilee.

An' there, beside his master's knee,
On his hunkers sat the blin' man's doggie,
Licking his chaps continually,
An' looked roun' him—the tawty rogie—
   Syne up intil the dark auld face,
As if he were prood at heart to see
      That he
An' the man he revered thus should be
A part o' the goodly company
Asembled intil the place.

Yonder's a hillock o' happy weans
Tumblin' an' rowin' heads an' thraws,
   Their wee limbs waefully scant o' claes;
   They're shaking a' ower frae croon tae taes
Wi' the blessed laughter that kens nae cause—
   The objectless mirth o' their ain wee hearts.
Hoo sune the mirth an' the music departs!
A blessin' on them, feckless beings!
Alack! in a warld sae weel plenished as this
Puir man, wi' his hunner o' couthy arts—
   His fiddle, his feast, his dance, an' his tipple,
Mauna taste ae drap o' the sea o' bliss
O' whilk that laugh is the siller ripple!
An' doon 'neath yonder ancient aik
   Wha's braid tough boughs, full-leaved an' green,
Spread maist an acre wide, an' make
   A gratefu' gloamin' 'mid the sheen
O' simmer sunshine—see whaur streakin'
   Their length o' limb on gowany bed
Gaunt carls sleep as saft an' soun'
As gin they lay on bed o' doon,
   Wi' costly perfumes ower them shed.

See hoo a' roun' the shadow's rim
The lunting cutty-pipes are reekin'—
 There groups o' auld-warld carls sittin',
 In the warm sunshine cosily beekin',
Feel ower ilk tired thin-clad limb
The gentle simmer influence flittin';
But nought o' frolic, fun, or daffin',
O' rairing talk or roarin' laughin',
Was seen or heard—a' was as still
As the braid blue lift, the wood, or the hill,
Except where the mirth o' the weans spread roun'
A tremulous circle o' silvery soun'.

The truth is, the guests o' Jock o' the Knowe,
Wearied wi' trampin' ower hillside an' howe,
 An' wi' time that wad lag sair oppressed,
Had sunk intil that listless state
 O' weary, dull, lethargic rest,
O' wistfu', patientless expectation,
O' conversational prostration,
Which fa's alike on saunt an' sinner,
In that dull season whan they wait
To hear the welcome ca' tae dinner.

Aften an' wearily wandered the eye
 O' carl' an' callant, lassie an' loon,
Tae the ancient clock the Architect high
 I' the lift has placed, for precisely at noon
The barn wad be opened—the feast wad begin.

The time draws near, let us hasten in,
 Ere lood the warnin' blast shall blaw,
An' monk-like, note wi' pious care
The mighty routh o' goodly fare
 That reeked for the guests at Corby Ha'.

O' beef an' mutton was sirloin an' saddle,
Frae ox an' sheep that last week could waddle
'Neath the weight o' their fat, an' that was a',
Ower the bonnie green holms o' Corby Ha'.
There was leg an' shouther, an' loin an' roun',
The boiled was steamin', the roast was broon;
   There were scores o' tureens o' reekin' kail,
At whilk carls would wag the lang horn spoon:
     An' routh o' potatoes—champit an' hale
     I' their ragged jackets—the democrats—laughin';
An' mony a haggis that reeked an' swat,
Could a leal Scotch stamach ask mair than that?
An' kebuck an' cake, an' brave nut broon ale,
Foamin' an' sparklin', an' temptin' the quaffin'.
'Twas nae this dish or that in its station,
But the stintless marvellous reiteration,—
On rough deal tables, wha's length extend
Doon a' the lang barn frae end till end,
Roon' by ilk gable an' up by ilk wa',—
It was roast an' boiled, an' boiled an' roast,
Till the ee was bewildered by the host
   O' the dainty vivers that it saw
   At the waddin' feast at Corby Ha'.

When the feast was spread, an' when a' the train,
Carriers and waiters, had places ta'en,
Then the door o' the barn was opened wide,
An' the guests in bands were marshalled inside,
For oor pawky Jock had order ta'en
That o' hussell an' bussel there should be nane;
The cripples an' barrow folk first gat in,
Then the blin' an' the doggies o' the blin',

Then the auld o' the tribes, an' then a wave
O' wives an' weans, an' then a' the lave—
   Fiddlers an' fifers an' bagpipe blawers,
An' a' the dolorous singers o' ballants,
Grey-headed carls an' spunky callants,
Sailors frae seas that rowed in their story,
   An' soldiers frae terrible unfoughten wars
Decked in the common reward o' glory;
Then a' the riff-raff o' the wanderin' folk,
Lords o' the wallet, an' knights o' the pock,
Wha'd trodged that mornin' ower hillside an' howe
Tae the waddin' feast o' Jock o' the Knowe.

Noo, a' bein' seated, ilk ee is centerin',
   A kindly flutter in ilka breast,
On the door at whilk they will see him enterin'—
   The gracious lord o' the mighty feast.
He comes—every han' is raised on high,
Quivers each tongue, an' glistens each eye;
Oh! the shout o' welcome, whase mighty thunner
Shall fill a' the ratten tribe wi' wonner
In their cozy chammers in roof an' wa';
Oh! the clamorous greetin' frae tongue an' han'
That shall break ower the gaberlunzie man,
Wha, frae a' the lairds o' the country side,
Had wileily won for his bonnie bride
The comeliest quean by hill or shaw,
An' a' the braid lan's o' Corby Ha'.

He comes, but nae shout o' welcome broke
Frae the tribes o' the gaberlunzie folk;
For sair dumbfoundered an' amazed,
In silent wonderment they gazed,

A' motionless in their surprise;
Was he wha stood before their eyes
Their auld, leal, true, familiar Jock?
O' the gaberlunzie gane was ilk trace—
Vanished an' gane! Each bricht blue ee
Was clear an' calm as simmer sea,
The broo was calm as calm may be,
An' sae calm was the sad, broon, loving face,
Tae whilk but the shadow o' sorrow clung—
Immortal shadow! An', oh! but there hung
  Roon' the sma' lithe figure a nameless grace.
  Awhile he silently stood in his place,
  Then said—"Ye are welcome, ane an' a',
  Tae the waddin' feast at Corby Ha'.".

It was the auld familiar soun'—
  The weel-kent voice. Then lood outsprung
The pent-up shout a' roun' an' roun',
  Till ilka wa' an' rafter rung;
Blin' bodies waved their kents in air,
  The ae legg'd made their crutches flourish,
Fat barrow folk fan' breath tae spare,
  An' e'en the doggies joined the scurrige;
The bairns upraised their shriller tune,
  Wee carles shouted, on tiptaes,
An' mony a broon loof waved aboon
  A darksome clud o' duddy claes.
When carle an' carlin could shout nae mair,
  Their host wi' lowly reverence bends,
An' craves His blessin' on the fare,
Frae wha's wide-spread Almighty han'
  Fa's every blessin' that descends
On laird' or gaberlunzie man.

The dinner ower; ilk can an' bicker
Bein' filled brimfu' o' generous liquor,
An' ilk ane seated as he thought best,
In his place rose Jock, an' thus addressed
      The motely thrang
      He'd kent sae lang—

Had kent through years o' sorrow an' wan'erin',
Waitin', watchin', an' purposeless daunerin',
While the social smile an' the kindly han'
O' the weel-tae-dae o' the warld was withdrawn
      Frae the lanely gaberlunzie man:—

"My auld tried freen's," thus he began,
"The weird I hae dreed maun hae nae name,
  Its warp an' woof were sin an' shame—
The dreighest thread that Fate ere span for a
Sackcloth sark for the carle Sorrow.
I cam' amang ye, ye speared nae frae where;
    That my saul was dark an' tired ye kent,
    That my mind was distraught, my strength a' spent
Ye saw an' ye soughtna to see ony mair.
Wi' a freendly lowe in ilka ee,
Ye took my han', an' ye made me free
O' your flittin' ingle pat an' spoon;
Ye baw'd my dule wi' the pleasant tune
O' the mirth made for my waefu' sake;
    An' I fan' in your hearts the charity,
That in the lan' where I'd lately been
Is just a wee ower ready tae take
    The wings o' occasion an' lightly flee
Frae the loon that wears the gaberdine
O' the ill-faured carle Adversity.

Oh! ever an' aye sin that dulefu' tide,
I've dauner'd athort the country side,
Dauner'd an' wan'er'd frae spring till spring,
A freenless, a nameless, unkend thing,
    That could, or could na, feel ill or weel,
That could, or could na, feel het or caul',
That might, or might na, hae heart or saul;
    'Twas enough to gi'e a goupin' o' meal,
An' a seat i' the neuk by the ingle's lowe,
    And an oora coggie o' brose frae the pan,
Tae couthie an' crackie Jock o' the Knowe—
    The pawky wee gaberlunzie man.

"Noo, freen's, between oorselves, I've cast
    This last look on the waefu' past,
That I might touch mysel' an' say,
Pointin' a moral by the way,
Gin sic like social wreck be here,
I rede the carl tae lend an ear
Tae the leal advice o' a callant that
Through lang weary days, months, an' years has sat
On the lowest bink in the laigh school where
The loon, lean Experience, hauds the chair.
Thraw nae your gab at your bitter bread,
Haud on your gate wi' a still laigh heid,
Trim the lamp o' the saul—the lowe o' the heart,
Keep the ee fixed steadily on the airt
Frae whilk every win' o' promise blaws—
In time ye'll say wi' me, an' hae cause—
The loodest storm that rows 'neath the sky
Will rair oot its wrath, an' scurry by;
The silent God o' the saul an' nature
May hae in store for his feckless creature,

In life's dewy twilight that precious gift,
The peace o' the eve an' the starry lift.

"To say ower little's less than good,
    It's waur tae say ower much;
  But there's ae point on whilk I would
    Lightly an' swiftly touch.
Ilk human crature, withouten a doobt,
Maun grip at his lot as his lot fa's oot;
Ilk man wha'd be honest, an' able, an' great,
Maun be equal an' even wi' his estate,
Maun bow tae, an' rule through, an' rise wi' dour Fate;
Ilk state has its law, an' ilk state its duty;
The feck o' life's use, its peace, an' its beauty,
Comes frae keeping the ane an' daein' the other;
The man wha wad be a leal freen' an' brother,
An' deserve in the loun hour o' death our best thanks,
On his ain state maun stan', standin' firm on his shanks.

"Weel, a' this bein' sae, ye will say—what then?
Why, naething but this—an' it stan's oot as plain
As choop on the briar bush or corn on the straw—
That the Laird o' the lands o' auld Corby Ha'
Canna an' mauna haunt hillside an' howe,
An' ca' at ilk door, wi'—I tweel an' I trow,
An' wanner an' dauner like Jock o' the Knowe,
An' be as he's been, frae dawning till dawn,
    Through the idle day an' the waefu' night,
    'Neath the sun, an' the stars an' saft moonlight,
A shadow that flitted athwart the lan',
A wearifu' gaberlunzie man.
That may not be—oor ways maun part;
What then? the holy human heart

Is no the slave o' gate or state;
Its hallowed wealth—its love an' faith,
The godhood in't, can bide the breath
    E'en o' the dour decrees o' fate.

"Some here there are may mind an' hour
    When snell misfortune's wind has blawn
Wi' mair than its accustomed power,
An' they've been fain awee tae cower
    An' let the rankled jade, an' thrawn,
Haud on wi' her bewilderin' stour;
They wha mind this it's likely may
No hae forgotten the seasons whan
Help that was halesome slid frae a han'
    The ee o' the gleggest never saw,
Sae silently the guid was shed,
Sae lightly ower the dule 'twas spread
    The bless'd ane scarcely felt it fa'.
Sae should it be!   Now ae word mair,
    An' tent ye weel what I shall say—
This feast bein' ower, then we maun drift
You in your gate, an' me in mine,
On to the future's twilight grey;
But frae this board let ilk ane bear
This in his inmost heart—Whane'er
Tae passion stirred, black dule shall rair
    Lood 'neath your ever drumly lift,
Then the leal freen', wha learned lang syne
The whan an' hoo o' bein' kin',
Wi' a wistfu', a wat, an' watchfu' ee,
An' heart stirred by memories it canna tine
Through the cauld-rife clud on the hours, shall be

Looking, puir sauls, on your eeriesome lot,
An' the times that hae been winna be forgot.

"Enough o' this; may ane an' a'
Deep o' this season's gladness quaff;
Be wisely merry—sing an' laugh,
An' dance till the auld rafters shake,
But nae unseemly uproar make,
An' wi' the first grey glint o' morn,
    The word is, eat an' hie awa,
For laird nor loon maun point wi' scorn
    Tae the waddin' feast at Corby Ha'.
Wi' fittin' words tae end my speech—
    May the All Good, whase feckless bairn
Earth's ilk ane is—bien laird, bare loon,
Or sleeps he on the bed o' doon,
    Or strek'd beside a muirland cairn—
Still have us in His wakefu' care,
    Tae tend, an' feed, an' lead, an' bliss,
An' when we get the solemn ca'
    Intil a better warl' than this—
A warl' which nouther want nor cauld,
Nor sough frae dulefu' time can reach,
Then may He in His glory fauld,
An' in His love infinite rowe,
    An' shield wi' His ootstretched han',
    Within the grand eternal lan',
The deathless spirits o' us a'.
This fa', whatever may befa',
Shall be frae heart an' saul the prayer
O' the man upon whase unfenced pow
    Misfortune's blast sae lang did blaw—

The carle wha ance was Jock o' the Knowe,
　An' noo is the laird o' Corby Ha'."

Jock sat doon, but there raise nae soun'
O' wastfu', windy, lood applause,
Dirlin' rafters, an' shakin' wa's;
The hearts o' the wan'erin' folk was steered,
They nouther stamp't, nor clap't, nor cheered:
But mony an auld wife grat right oot,
An' mony a mither low did loot
An' kissed the bairnie on her knee,
An' thought o' the time when it was born.
Tears stood in mony a cauld hard ee,
　.An' mony a hard han' gript the han'
O' the lord o' the feast, wha ance had worn
　The hull o' the gaberlunzie man.

PART VI.

THEY'RE oot on the sward, an' hark tae the soun'
    O' terrible, tae-stirring melody;
    A bagpipe blawer, a fiddler, or fifer,
        Is sittin' in state under ilka tree;
    An' ragged dizens o' dancers a' roun'
        Are skippin' an' fittin' it ower the lea,
            Richt merrily.
Puir sauls! wha wad grudge them their hour o' glee,
They dwell in a warl' where sorrows are rifer
    Than joys in ony countrie.

The weans—the present hour a' their ain—
    Ower a' the gowanie lea are scourin':
Nae thought o' a future troublin' their brain;
    What torrents o' soun' frae their lips are pourin'.
They're gleesome an' gamesome, an' blythesome an' free.
    Oh, that this ae happy day forever
Might last for their sakes; but that canna be—
    It is but a drap on a flowin' river.
Haud on, haud on through this sunny hour,
    Puir social waifs, on your merry course;
The silvery laughter your wee lips pour
    Springs frae a drumly but sacred source.
O' reckin' nought for the stourfu' strain
O' bagpipe blawer or fiddler or fifer,
    Your hearts are dancin' right merrily:
    What saul wad grudge ye this hour o' glee;
Ah, yours is a warl' where sorrows are rifer
    Than joys in ony countrie.

Oh, fit it, ye dancers, merrily,
   Light be the laugh as the swift foot fa',
Fifers and fiddlers play cheerily,
   An' lood ye blawers o' bagpipes blaw.
Under beech tree, an' ash tree, an' oak,
Lightly trip it ilk knight o' the pock;
   The day is your ain—then blythe an' free
Be your merry gambols, wa'nerin' folk.
   Caulder than winter the heart wad be,
   Could grudge ye, puir bodies, your hour o' glee,
Your bagpipe blawer, fiddler, an' fifer—
Yours is a warl' where sorrows are rifer
   Than joys in ony countrie.

The happiest hour will wear away;
   The brightest day will hae a close;
First, stars broke through the twilight grey,
   An' then the braid full moon arose,
An' a' its silvery splendours shed
   Ower hoose an' holm, an' hill an' shaw,
   An' then the warnin' blast did blaw,
Tae tell the evenin' feast was spread .
   Intil the barn o' Corby Ha'.

Oh! saftly 'mang the silent stars,
   The full-orb'd midnight moon is sailin',
An' oh! how holy is the hush
   That is ower a' the earth prevailin'.
Ower a' the lan', on barn an' ha',
   On ha', an' on the kingly dwallin',
The moonlight an' the pearly dew
   Are saftly shed an' saftly fallin'.

On barn an' ha', the sheen an' dew,
    Fa' equally frae the ae great Han',
But, oh! hoo wide apart the state
    O' laird an' gaberlunzie man.

Nae doubt, nae doubt, there's reasons guid,
    Why that should rise an' this should fall,
But every state, however base,
    Is faulded roun' a deathless saul;
An' hearts will feel, an' hearts will say,
    That in the slippery social plan,
It is not always worth or sense
    Parts laird frae gaberlunzie man.

The moon sails fair ower Corby Ha',
    The ha' is wrapt in her white sheen,
But mair divine than moonbeams are,
    The blessin's that can not be seen;
For e'er the wearied sank tae sleep,
    An' e'er the wakefu' sought their rest,
Rose mony a prayer for their leal freen',
    Frae mony a wan'ering bodie's breast;

An' they may hae nae less a power
    Wi' Him on whom the angels call,
Because o' kindness born they spring
    Frae sullied heart an' draggled saul.
But good is good whate'er betide;
    Through pearly dew an' moonbeams fa'
The blessin' o' the puir made blest,
    Ower Jock an' Jean an' Corby Ha'.

While glimmered on the eastern height,
An' lang the low edge o' the night,

The first grey gleam o' morning light,
  The wan'ering folks ower dewy lea
  Began tae flit right silently.
First twas an' threes, then in a train
That seemed tae lengthen oot amain
  Beneath the gloom an' gleam,
But neither shout nor sound arose,
An' syne the lang processions close
  Evanished like a dream,
An' a' was still.   The gangrel band,
Amang the braidenin' glow o' morn,
Spread quietly athwart the land,
  Tae hedgeside, an' hillside, muirside, an' shaw—
Sae laird nor loon could point wi' scorn,
  Tae the waddin' feast at Corby Ha'.

PART VII.

NOW sunrise, an' now set o' sun,
　　Now star-sheen, an' now blaze o' day,
　Sae since the course o' time begun
　　Has time, the restless, rolled away.

Oh, aft the sweet May flowers hae blawn,
　　An' aft has drine the winter snaw,
Sin' trooped the gaberlunzie clan
　　'Mid morn's grey light past Corby Ha'.
Sae we can tell, for we hae seen
　　Hoo in the march o' time it fared,
In wedlock's banns wi' bonnie Jean,
　　In couthy state wi' Jock the Laird.

Happy they were in their estates,
　　Though mair than doubtful their example,
But love can come where worth awaits,
　　An' on ilk let an' hindrance trample.
It is nae, an' it ne'er can be,
　　The way o' decent common sense,
For ilk braw lass tae list the plea
　　O' gangrel body in the spence.
It is nae, an' has never been,
　　Douce honest wisdom's sober plan,
For every dainty dark-eyed quean
　　Tae wed a gaberlunzie man.
　　　　But this we'll say,
　　　　Frae life's green brae

Doon tae auld age's shadowy howe,
Jean ne'er had cause tae ban the day
She listened, 'mid the twilight grey,
  Tae honest Jock o' the Knowe.

Fair was Jean, young, but fairer she
  When in the bloom o' matron grace,
Wi' three young Haldanes by her knee,
She moved aboot the ancient place—
For Haldanes were they; Jock had ta'en,
  Wi' sanction an' in power o' law,
The Haldane name an' dropt his ain,
  When he gat Jean an' Corby Ha'.

Fair was she in her matron bloom,
  But other charms had gathered roun' her
That shall no vanish at the tomb,
  But will wi' sacred glory croon her—
Will deck her saul in that sublime
  Warld faith bigs 'yont the bendin' sky,
When a' the treasures o' puir Time
  An' Time itsel' has scurried by.

For frae the day she gied her han'
  Tae Jock, in Corby's ancient spence,
There seemed upon her mind tae dawn
  A broader an' diviner sense
O' what was due frae high tae low,
    O' what was due frae rich tae poor;
That God is God on hills aglow,
  And God beside the hallan door;

That God is God where evenings close
  On muirlands white wi' driftin' snaw,
On mountain crests where cluds repose,
  On seas where surly tempests blaw;
That God is God in ha' or tent,
  God through the blue imperial span,
O' queen, an' carlin bleared an' bent,
  O' king an' gaberlunzie man.

An' sae it fell that in the new
  An' broader faith, in matron beauty,
She moved aboot in ilk ane's view
  On a calm upward path o' duty.
An' seemed it frae her saul there sprung
  The music o' a holier tune,
As if diviner songsters sung
  When life was in its leafy June.

Beauty alane, in its ain bright sheen,
  Is a pure delight tae ilka ee,
But oh! it shines divine when seen
  Trigged oot in love and charity.
A change there was; it might hae been
  Frae grace divine the spirit moulding;
It might hae been, as say will some,
  The pure saul's natural unfolding;
It might rise frae the quiet preachin'
  O' love maternal—say wha can;
Or aiblins frae the voiceless teachin'
  O' her leal gaberlunzie man.

Frae sorrows learned-—lay in Jock's heart
  The power another's dule to feel;

Or better still, a healing art
    Baith wise, an' swift, an' brave an' leal,
Learned 'neath braid naked midnight skies,
    On mony a muirlan' lone an' wide,
An' gathered frae the gale that sighs
    Ower lonely tarn and bleak hillside;
Frae July's woodland birks an' bowers,
    Frae the meek daisies in the howe,
An' aiblins maist frae lanely hours
    Spent in the cauld cot on the Knowe.

Great is the power o' steadfast thought;
    Great is it, and has ever been,
An' love roun' Jock had deftly wrought
    A halo in the heart o' Jean.
Sae ilka year frae they were paired,
    Within her spirit clearer ran
The spirit o' her lord, the laird—
    The ae time gaberlunzie man.

O' Jock we'll say nae mair than this—
    He ne'er forgot the chastenin' rod,
'Twas his tae lout sae low an' kiss,
    As kissin' o' the han' o' God.
He entered on his new estate
    As naething new or strange tae him;
Brushed aff the cobwebs o' his fate,
    An' syne wiped aff the mouldy film,
Wi' han' sae steady an' sae light,
    The wark o' the sweet spirit under,
That even those wha saw the sicht
    Felt mair o' silent awe than wonder.

He took ilk place that was his place,
An' filled it with that calm discretion
Which gives a power an' lends a grace
To ilka low or lofty station.

Wi' lairds, he was a laird as bauld
For right as ony in the lan',
But wi' the thrang in puirtith's fauld
A leal, kind-hearted brother man.
Himsel' in farmyard or in spence,
A slave tae nane, the freen o' a';
The charms o' freedom, worth, an' sense,
He shed an' spread roun' Corby Ha'.

An' ilka duty o' his station
His instant, best attention won;
An', oh! he did what aft the great—
(The mair's the pity)—leave undone.
Frae the Laird's han' gat mony a lad
O' worth an' sense, by puirtith hidden,
A quiet hese up Fortune's brae,
Intil some fittin' occupation,
Tae grow, as lithe Time stole away,
The clear light o' his native station.

Nor needfu' cash alane he gied,
The word o' council aft was said,
By whilk the spirit may be brought
Intil a nobler warld o' thought.
Aye, mony a teacher o' a schule,
An' minister o' mild religion,
An' member o' that house o' dule,
Auld Scotland's pest the Court o' Session,

Learn'd tae blend wisdom wi' their teachin',
An' charity wi' earnest preachin',
An' common honesty wi' law,
Frae the wise laird o' Corby Ha'.

An' mony a lowly son o' sang,
   In whase breast lowed the sacred flame,
Divine an' bright, his carefu' love
Made free tae haud his heid above
The clud that is sae prone tae settle
Where puirtith's breath fa's snell an' lang,
Till he had couthily proved his mettle,
      Enshrined his ain an' country's name
      In the celestial light o' fame,
Wha else had darkly struggled through
      Youth's mornin' glow an' manhood's prime,
Streekin' lang furrows on his brow,
Weavin' for ilk bright hope a pall,
Fannin' a flame to scathe his saul
As it fell oot tae glorious Robin,
      Wha's matchless sangs in every clime
Hae set the lovin' heart a-throbbin',
      Wha's waefu' fate shall through a' time
Haud the true human heart a-sobbin'.
Puir, glorious, sinfu', heaven-scathed creature !
A spirit o' gigantic stature,
Instinct wi' pure poetic fire,
By puirtith trailed through mud an' mire,
      Unheard, its lang, sad, solemn moan,
Daized lord, drunk laird, an' glumpy cottar
      Wi' han' in pouch, stood lookin' on
An' saw the prophet o' the age,
A purposeless, dreigh conflict wage ;

Wage it, alas! in vain,
   Wi' constant cark an' hourly care,
Till madness sank on heart an' brain,
   An' on the soul despair ;
  Till, land of song, thy noblest son—
"The lord o' laughter an' o' tears."
The wise, the witty, gentle, brave,
No hand o' thine stretched forth to save,
In the mean strife undone,
Wi' a' his marvellous powers abloom,
Sank tae the silence o' the tomb,
An' left through a' succeeding years,
Tae flame an' darken o'er thy state,
His matchless fame, thy vain regret.

Jock, in his lang, dreigh, dreary wan'erin's,
His eerie, weary, thowless daunerin's,
Had learned mair o' the lear o' sorrow
Than chiels frae schules, or books can borrow;
Had seen misfortune's hard han' fall
On naked heart an' naked saul,
Had heard the low, wild wail o' pain
Burst frae pale lips, an' burst in vain;
Heard soul appeal—crushed 'neath its load—
Frae God tae man, frae man tae God;
Syne seen it soothed an' sink tae rest,   ·
Like infant on a mother's breast—
   A pleasant sight to see,
By the soft han' an' balmy breath,
An' lovin' eyes an' tranquil faith
    O' holy charity.

Or seen in sinners or in saunts,
   Sweet charity is evermore

The beautiful—the godlike. When
　With brazen trumpeters before,
Upon the open hills she flaunts
In presence of the sons of men—
Sad sight in sober truth—even then
Is she not visibly divine :
But when in secret forth she goes,
Seen only by seraphic eyes,
Tae pour her balm on hidden woes,
Oh! how her hallowed glories shine,
Proclaiming that she verily rose
Frae Love eternal, an' came forth
In her immeasurable worth,
Tae hush life's loud despairin' cry,
Tae soothe soul's sleepless agony.

Alack! alack! puir human cratures!
Hoo variously black dules assail us!
Hoo wide the span—diverse the natures
In whilk they labour an' prevail!
Alack! that every bield should fail us !
Dule stretches ower the social scale
Its thin white han' o' pestilent might,
Frae hearts that break within a palace
By ilka earthly bliss caressed,
Tae those wha sink tae death's cauld rest
Beneath the open skies o' night.

But aye sin' the first sufferer was,
　'T has been a different dule that's fa'en
On sauls made biel by palace wa's,
　An' sauls within a cauldrife hallen—
On cratures that wi' mornfu' pride,
　Hae on the soft piled velvet trode,

An' creatures on that common wide—
　The open unfenced world o' God;
On bodies at nae stint o' cost
　Draped frae the dainty heel to heid,
An' bodies rowed in tattered rags
　An' beggin' for a crust o' bread.

Troth, Jock had learned this lear by heart—
　Had learned it in a bitter sense :
　And whan he sat in the bien spence
It didna frae his mind depart,
But like a livin' presence still
Did a' the cozie chamber fill,
　　An' wi' him gaed afield,
An' tempered tae some work o' love
Ilk thought that in his heart did move—
　The power that he could wield.

Aften he gazed on his wallet an' pock,
　On his knotted kent hung high
　　On the wainscotted wa'
　　O' the stately auld Ha',
　Till a tear dimmed ilk bright blue eye,
As he thought on the ways o' the wan'erin folk,
　An' the days that had flitted by :
Then frae some saul wad sorrow's mist
　By a breath that was feltna be driven,
Or a hope he raised frae the land o' the dead,
Or a blessin' descend on some leigh-laid heid,
　Like an angel come doon oot o' heaven.

Lood, an' braid, an' bricht was his fame
Through the waefu' gaberlunzie lan';

For though in ancient Corby Ha'
He worthily bore the Haldane name,
An' kept a state baith fit an' meet,
Knew carle an' carlin by hill an' shaw,
Knew wife an' wean o' ilka clan,
The heart whilk in his bosom beat
    Warmed wi' charity's lowe,
An' wi' ilka pulse o' pity steered
Was the heart that bore the weary weard
    O' lanely Jock o' the Knowe.

CONCLUSION.

YEAR after year has passed an' gane,
    The swift o' wing that seemed but creepin',
An' Jock an' Jean, by Corby Kirk,
    The last soun' mortal sleep are sleepin'.
But fair the gleam o' early morn,
    An' saft ilk gloamin's purple screen,
Yet fa', an' fauld the ancient Ha'
    That was sae dear till Jock an' Jean.
Ah, waes me ! that the guid an' fair
    Should fa' like leaves when wanes the year!
Melt like the glow on evenin' air—
    Like the twin rainbows disappear!
How aft this waefu' cry within
    The saul has struggled, wha can tell ?
Since the cauld clud o' dulefu' sin
    Ower lang-lost bonnie Eden fell.
The shock o' time, an' change, an' death,
    By mortals canna be withstood;
But there is comfort in the faith
    That goodness dies not wi' the good.
Auld times may change, as change they will,
    An' some will rise, an' some will fa',
While hearts warmed wi' the Haldane blood
    Shall beat an' rule in Corby Ha—
As rule they do—lang may they rule—
    The memory o' Jock an' Jean,
Whilk the pure goodness o' their lives
    Has wreathed in memory's living green,

Will draw doon blessings rich an' real,
  The pearls that frae heaven fa',
Frae generations o' the poor
  On the auld hoose o' Corby Ha'.

STEEN TAMSON'S COURTSHIP.

THE hale country kens Steen Tamson, douce Pate's son
    o' Nethermills,
  Blither lad has never dauner'd by auld Scotland's
    rowing rills;
  Leisher lad ye couldna meet wi' 'mang her bonnie
    howes and hills,
  Or whare whirrs the Hielan' muircock, or whare Low-
    lan' mavis trills.

Steen had lang lo'ed Mary Lindsay, frae the bauld auld
    Lindsays sprung—
" Love is blin'," sae sang the poets when oor doited earth
    was young,
An' it may be that it was sae when the sprightly callants
    sung—
But the love that dwalt in Stephen had its weakness in its
    tongue.

Feint a word the sprite could utter 'neath the licht o'
    Mary's ee,
But its e'en dwalt on her bonnie lichtsome face continually;
Wi' the look half wae, half wistfu' on a laddie's face ye see,
Blinkin' at a blob o' hiney that the fule thing daurna pree.

Aft when by himsel' wad Stephen plead his passion unco weel,
Then he'd swear neist time he met her, spite o' lass, or love,
    or de'il,
He wad tell her o' the torment that she made his puir
    heart feel;
When they met the lassie's laughin' dang his wits intil a creel.

Love was dumb; but in Steen's bosom burned a gran' heroic
    lowe;
Gin a grewsome bear should fin' her by the wee well in the
    howe;
Gin to harm her roving sea-king touched our island wi' his
    prowe,
Bear an' wan'ering king, thought Stephen, by my troth my
    arm wad cowe.

But it happened, fate sae ordering, that the lass ae simmer
    e'en,
Tripping lichtly ower the step-stanes, and the waves that
    gush'd between,
Richt anent the bashfu' lover—richt before the face o' Steen,
Slipt and dipt her locks a' gowden in the pool sae sly an'
    sheen.

Had the pool o' Balmacree been the dark gurly howe o'
    Dair,
Ere Steen's een had gotten half way through their lang
    bewildered stare,
Ae wee white han' stretch'd to heaven an' a clud o' feck-
    less hair
Wad hae been the only vision seen o' Mary Lindsay there.

But the pool o' Balmacree it couldna' think tae do her wrang,
Couldna' think tae fauld the lassie in its cauld arms ower lang;

Rose she frae its bonnie bosom like the dew-bathed lark
    frae 'mang
Waves o' gowans, blithe tae fill the simmer mornin' wi' its sang.

'Twas nae doubt a feast o' beauty tae the Pagan laddie's ee,
Glow'ring on the heathen hizzy, Venus, rising frae the sea;
But maist Norlan' lads I'm thinking wi' Steen Tamson wad
    agree,
In preferring seeing Mary 'mid the pool o' Balmacree.

Oh, the routh o' pearls rowing frae her locks o' gowden
    sheen!
Oh, the twa wee feet that twinkle 'neath their modest watery
    screen!
Oh, the laughing wrath that flickers in the twa bright hazel
    een!
Oh, the wee white nieve that's shaking 'mid the sun-glints at
    puir Steen!

Truth, the saul o' sang an' sermon, tells us greatness disna lie
In exemption on life's dreich way, frae the chance o' gaun awry;
But in sense tae look on error wi' a calm and steadfast eye,
Till defeat shall be transmuted into glorious victory.

Stephen on this great occasion truly proved his saul was great,
Didna stan' before misfortune wi' a face a' bleer't an' blate;
Didna bow wi' base submission to the rash imposter, Fate,
Didna wait till some puir greetin' angel wrote doon—" Ower
    late."

Wi' ae bound frae sward tae water, through the air he cleft
    his way,
Rowed his arms aroun' the lassie, ere her tongue could say
    him nay;

E

Bore her frae the laughin' water up the gowan-speckled brae,
Brack the saft strang bond o' silence, an' let young love say
　　his say.

" Lang I've lo'ed ye Mary Lindsay," spak love wi' his new
　　fand tongue;
Syne tauld, while bewildered Stephen ower his bonnie
　　burthen hung;
A' the sweet bewitchin' story that in lassies ears has rung,
Sin' the leaves o' aik an' hazel hae 'mid shimmering sun-
　　glints hung.

Was the lassie dazed wi' hearin' puir blate Stephen's dumb
　　love speak,
That the wilfu', winsome blushes flicker'd sae on brow and
　　cheek—
That her tongue, sae brisk an' ready, had a merry jibe to
　　seek—
That she laugh'd an' sabb'd an' struggled in the bonds she
　　didna break?

Stephen tauld her a'his story, bricht wi'dreams o'wedded bliss;
Ower an' ower he tauld it tae her, nor ae gowden link did miss;
Wi' love's sweet reiteration closed each sentence wi' a kiss—
Said, " Be mine," till frae 'mang kisses rose the saft con-
　　senting " Yes."

Years hae pass'd ower Steen an' Mary; gin, oh reader! ye
　　should be
Gaun that way in simmer weather, when the dew is on the
　　lea—
Just a wee before the gloamin'—it's maist likely ye will see
Mair than ae wee Tamson paidlin' roun' the pool o' Bal-
　　macree.

GILMARTIN'S BONNIE DOCHTER.

OH ! Gilmartin's bonnie dochtcr;
   Oh ! the winsome, witchin' quean;
Oh ! the hearts that she has broken
   Sin' amang us she has been !

Oh ! that she had bidden, bloomin'
   'Mid the mountains o' the North;
Oh ! that some bauld lad had held her
   Far ayont the Links o' Forth.

A' is gaun tae rack an' ruin
   In the country roun' an' roun';
Ilka carle's daft about her—
   Laird an' souter, saunt an' loon.

In the pulpit on the Sabbath
   Hoo blate Threeheads struts an' stares;
Pate the elder's ta'en tae drinkin',
   Rab the blacksmith's ta'en tae prayers.

Nane escapes her—Jock, Precentor,
   Thro' her to mischancie cam',
But last Sabbath-day whan Threeheads
   Had gi'en out the holy psalm,

Jock, wha was in fancy feastin'
   On the lips he ne'er maun pree,
Clean forgettin' David, lilted
   " Lassie, will ye gang wi' me?"

Oh! Gilmartin's bonnie dochter;
   Oh! the winsome, witchin' quean;
Simmer frae her smile is blinkin',
   Saftest starlight fills her een.

Oh! Gilmartin's bonnie dochter—
   Blessings on her silken snood;
There's nae doot the lassie's comin'
   Maun hae dune the country good:

Baith the doctor an' the lawyer
   Bow'd beneath her potent spell;
An' the doctor fled the parish,
   An' the lawyer hang'd himsel'.

Oh! Gilmartin's bonnie dochter;
   Oh! her humanising power;
Troth she made the Laird o' Cranky
   Wise for maistly half an hour.

Troth she sae dang dour discretion
   In the mind o' auld Kilcairn,
That the bodie gied a bawbee
   To a beggar's barefit bairn.

Oh! Gilmartin's bonnie dochter;
   When she trips adown the lea,
Glints her feet like snawflakes fa'in'
   On the bosom o' the sea.

Oh! Gilmartin's bonnie dochter;
   What she says ye scarce can hear—
Sae the music o' the sweet voice
   O' the lassie charms the ear.

Things can never haud on this gate;
   A' the country roun' an' roun',
Ilk ane's daft an' doatin' on her—
   Laird an' souter, saunt an' loon.

Nicht an' day I'm thinkin' on it,
   Thinkin' hoo tae break the spell;
Troth I see nae ither way for't
   But to marry her mysel'.

BENOTTER.

OH ! high on the hill stauns the tower o' Benotter;
   It's black, an' it's eerie, it's crazy an' auld;
But a jewel o' price, I hae look'd on but thrice,
   It couthily hauds in its auld farrant fauld.

Oh ! bonnie as spring, when a' gleesome an' gamesome,
   It feels the first touch o' the blythe simmer sheen,
Is the saul-charming sprite that I've thrice seen bedite
   In the glow, an' the grace, an' the bloom o' nineteen.

The first time I saw her was just when the gloaming
   Ower the glints o' the laigh sun was faulding its wing;
She was standing like hart o' the hill when to start
   Away on it's free course it's bending to spring.

Ae glance o' her blue een was cast on my face,
   As I stood in the shade o' a hoary aik tree;
Oh ! the glamour that fell frae that glance was a spell
   That nor simmer nor winter will e'er lift frae me.

The next time I saw her the morning was laughing
   Ower Sillop's green law, a' wi' dew-drops besprent;
Frae high 'boon the wee clud, that hung ower the brier wood,
   Lood, lood the love-sang o' the lavrock was sent.

Wi' her hands on her bosom, her een raised to heaven,
   An' a glow o' the heart on her bonnie bright face;
There she stood in my sight, a pure living delight—
   A vision o' innocence, beauty, an' grace.

The last time I saw her was ae day in simmer—
   'Twas where through the vale rows the sweet soughing
     Ayr;
On a bank she was sitting, an' gleesomely fitting
   A croon o' white flowers on her bonnie broon hair;

The while wi' a glance upward turn'd she was listening
   To a linnet that sang in a howe in the linn;
Sae I feasted my een, through a white hawthorn screen,
   On a banquet o' beauty, an' thought it nae sin.

Surely some fairy betray'd me, for blushes
   Spread roses where lilies had lain on her cheek;
But her een had the gleam o' the saft stars that beam
   Thro' the glow i' the sky where the morning will break.

She rose in her beauty, an' stood in her grace,
   Wi' a smile on her lip an' a laugh in her ee,
" I forgi'e ye for stealing a perilous feeling,"
   They said to my heart, tho' she look'd na at me.

I may see her nae mair, but I ken that till life
   Has row'd doon its course an' its ocean has won,
I shall worship apart in my saul, mind, an' heart,
   Wi' a love that's as pure as a ray o' the sun.

Her memory will wake neither hoping nor fearing;
  I think on her but as a something divine;
Frae my reach she's as far as the pure evening star,
  And Benotter's grey wa's gleam the bield o' a shrine.

BALCONQUIE'S BROKEN WA'.

PART I.

" OH! saftly fa's the evening dew
      On auld Balconquie's broken wa';
      Owre a' the bonnie woods o' Cree
        The pearly dews o' evening fa'.

" An' fair, an' saft, the crescent moon
      Is louting to the siller sea;
    An' in the west, the holy star
      O' eve unfaulds its loving ee.

" How deep the calm that rests on earth,
      That a' the boundless concave fills;
    The langing saul looks forth to see
      White angels walking on the hills.

" An' yet a cloud hangs owre my mind,
      An' yet my heart is sad and sair;
    I tine the blessing in the hour,
      Dreaming o' what can be nae mair.

" Oh, wha can bring the past again?
      Or wha can big Balconquie's wa'?
    Or wha can raise the stately forms
      That lang syne trod its ancient ha'?

" Unbidden tears are in my een,
    An' in my heart ane eerie pain;
My life is but a weary sigh
    For joys that canna come again.

" Oh, wha, when the blythe feast is set,
    Wad frae the merry feast be ta'en?
But wha wad haunt the empty rooms,
    When a' the blithesome guests are gaen?

" Oh, wha wad linger in the wood
    When time the castle wa' has brust?
An' wha wad mingle in the crood
    Whan ilka weel-kenn'd face is dust?

" Oh, that the gatherer-in o' lives
    Wad gather ane could weel be spared!
Oh, that my head were laid at rest
    In auld Balconquie's laigh kirk-yard!"

'Twas thus he sang, the ancient man,
    Whose beard was white as driven snaw,
Sitting, amid the dews o' eve,
    By auld Balconquie's broken wa'.

PART II.

AN' thus he sang, the ancient man,
    Whase beard was like the driven snaw,
Sitting amid the dews o' eve,
    By auld Balconquie's broken wa'.

" Light lie the moonbeams on the graves
    Roun' auld Balconquie's lanely kirk,
Saft murmur roun' the kirk-yard wa'
    The white leaves o' the siller birk.

" In auld Balconquie's laigh kirk-yard,
  While saft the moonlight fa's an' heaves,
Owre mony a lang-forgotten grave
  The bonnie gowan faulds its leaves.

" The dew-blob on the gowan hings,
  The gowan bends its bonnie head,
An' blest wi' a' its wee heart craves,
  It dreams na o' the mould'ring dead.

" Oh ! let the gowan fauld its leaves,
  Made blest wi' a' its heart can crave;
An' let nae wan dream haunt its nicht
  O' saut tears shed abune the grave;

" Where saft they lie an' calmly rest,
  Wha frae the ingle ill were spared,
Forgotten in their deep soun' sleep
  In auld Balconquie's laigh kirk-yard !

" In auld Balconquie's laigh kirk-yard,
  Whare dew drops fa,' an' moonbeams shine,
Rest mony a heart that, lang syne, was
  As weary an' as sad as mine.

" Rest 'neath the spirit o' the psalm
  That floateth frae the lowly kirk,
Rest 'neath the moonbeams an' the dews
  An' shadow o' the siller birk.

" Oh, that it was my hour to lie
  Amid its silence, still an' deep,
Row'd saftly in my windin'-sheet,
  An' a' my langings lull'd to sleep !

" Then e'ens might close, an' morns might dawn,
 An' wun's o' ilka season blaw;
I'd sigh nae mair for vanish'd joys,
 Nor mourn Balconquie's broken wa'."

PART III.

A N' thus he sang, the ancient man,
 Whase beard was like the driven snaw,
Sitting, amid the dews o' eve,
 By auld Balconquie's broken wa'.

" Pit aff, pit aff this waefu' mood,
 The dead are dead—the auld are gane !
The graves o' earth, the graves o' time
 Can hear nae mortal's feeble maen !

" An' wherefore should the dead come back ?
 An' wherefore should the past return ?
An' wherefore should the saul o' man
 Within its mould'ring temple murn ?

" As saft yon young moon treads the sky,
 As bright the pearly dewdrops shine,
As lightly love sings in fond hearts,
 As in my blithesome, lost lang syne !

" It is the winter o' my years—
 An' winter blasts are snell an' caul !—
Bla' oot, bla' oot, ye waefu' blasts !
 There comes nae winter tae the saul !

" There comes nae winter tae the saul—
 Transplanted to its native clime,
'Twill flourish on the hills o' God,
 Forgetting a' the blasts o' time.

"Then think nae mair o' the laigh spot
  Encircled by the siller birk;
Nae mair think o' the silent graves
  Roun' auld Balconquie's lowly kirk.

"The grave is not the hallow'd hame
  Where saul wi' kindred saul shall meet;
'Tis but the spirit's cast-aff claes
  We row intil the winding-sheet.

"Fa' aff, fa' aff, ye human rags
  O' earthly growth, an' earthly twine!
Then shall my deathless saul clad in
  The Father's awful glory shine.

"An' I shall raise the song o' love
  Within the grand eternal ha';
Forgetting time an' a' its change,
  An' e'en Balconquie's broken wa'!"

THE PARTIN' HOUR.

THE partin' hour, the partin' hour,
  Its anguish wha can tell?
Or syllable the misery in
  The lang an' last farewell?
That waefu' hour wherein ilk tie
  O' love maun be untwined,
Ilk holy tie that love has knit
  Aroun' the heart an' mind!
Oh, earth were but an eerie spot,
  An' love a bonnie dream,
Gin partin' hours were the dark hours
  That to our sauls they seem.

Nae gloom should veil the partin' hour;
　Calm Faith, wi' its white hand,
Points to it as a portal fair
　Intil the Better Land—
That hallow'd land, by saints o' earth
　An' holy angels trod,
That lieth 'neath the living light
　An' open love of God.
Nae gloom should veil the partin' hour
　Where meeteth sphere an' sphere ;
The light, the love, an' peace are there,
　The woe an' wail are here.

'Tis doubt, 'tis doubt frae mists o' sin
　Distils the briny shower ;
A clud on saul creates the gloom,
　Fa's on the partin' hour !
Oh, waefu' clud, break frae the saul !
　Oh, dulefu' doubt, away !
The hour o' death is but the dawn
　O' the eternal day !
The hour o' partin' is the hour
　O' sauls becoming free—
The season o' the putting on
　O' immortality !

Nae gloom should veil the partin' hour!
　Before the angel, Death,
Blest Resignation's knee should bend,
　Ascend the psalm of faith.
Yes, raise the solemn psalm o' faith,
　An' breathe a holy prayer,
Our loved is in the land o' God,
　An' waits our coming there !

The land o' God, where fa's unmar'd
    The glory of His power;
Where love, wrapt in Almighty Love,
    Shall know no partin' hour !

THE COUNTRY LASSIE.

YE'RE gaun to leave us—weel, guid speed
    What wad ye hae me say?
    There's no ae whisper in my heart
    Whas saft voice bids ye stay.

Oh, hie ye back !—some heart at hame
    May think ye're tarrying lang, ·
May pine for lack o' saft love vows—
    The music in their sang.

But say nae, when ye're hame again,
    Guid sir, that ye hae been
Wooing sae lang wi' sigh an' sang
    A dorty village quean :

To whom your love-lowe was the glow
    The sun at setting gleams,
Your vows the sough o' wastlin' wun's,
    The lilt o' simmer streams.

Ye'd woo me frae my quiet vale,
    Frae 'mang my humble kin—
Frae low o' kye, the laverock's sang,
    An' flashing o' the linn;

Ye'd wile me tae the busy toon
    Unkent o' joys tae seek;
But bide a wee an' hear in me
    A country lassie speak.

While winter's snaw croons Benicar,
    While cowslips hail the spring,
While hawthorn bloom scents simmer e'en,
    An' autumn's hairst times bring.

Shall hills an' vales, shall woods an' streams,
    The wun that wanners free,
The blithe sunlight, the stars o' night,
    Hae joys enow for me!

Ye've said my hair is gowden mist,
    My young brow brent an' white,
That roses bloom on ilka cheek,
    My een as stars are bright:

Ye've said my form is lithe an' tall,
    My voice is low an' sweet,
That when I dance there's music in
    The motion o' my feet!

Weel be it sae! the morning sun
    Glints gran' on gowden hair,
The rose blaws wi' a richer bloom
    That's kiss'd by country air.

Gracefully bends the poplar's stem,
    I'the breeze that lo'es the bent,
An' feet glint free that tread the lea
    Wi' gowans a' besprent.

Ye say I'm wilfu' as the wun's
  That ower Benicar blaw,
An' prooder far in yon wee cot
  Than queen in palace ha'.

Ye say my heart's like Benicar,
  Croon'd wi' December's snaw,
Ye say my blood's the cauldrife flood,
  He poors doon in the thaw.

Sae let it be, a heartsome glee,
  Dwalls in the wild wun's crune,
The burn afore my mother's door
  Aye sings a happy tune.

The white croon'd law blithe spring can thaw,
  When he comes up this way,
The burn rows bright an' warm i'the light,
  Blink'd frae the een o' May.

Ye've tried tae tempt my woman's heart,
  Its rustic pride tae tine,
Wi' pictures o' your high estate,
  Dreams o' your ancient line.

Ye've storm'd in wrath, an' glowed in scorn,
  An' fleech'd in loves auld strain,
Through winter months, an' simmer months,
  But a' has been in vain.

What is't to me, sir, gin ye be,
  Or high or humbly born,
An' what the mutt'rings o' your wrath,
  The lightnings o' your scorn?

An' what! oh what the lightsome love
　　Ye'd gi'e wi' liberal hand,
While fickle fancy ower self
　　Could haud a saft command?

E'en let me tell ye, fair an' free,
　　Ae thing that's sure an' true,
The love that lights up hearts like mine,
　　Can never glint on you.

It asks for mair than kiss or clasp
　　However fond an' fain,
It craves for that wi' a' your state,
　　Ye ne'er could ca' yer ain.

It asks a nature leal an' true,
　　A heart that's free an' kind,
A saul that's pure as morning light,
　　A calm an' steadfast mind.

It will not mell wi' ought but worth,
　　Nor be content wi' less,
It claims the heaven earth can give,
　　Its ain sweet happiness.

I envy not your city queans,
　　Their pride I dinna blame,
I doot na' but their braw-busk'd breasts
　　Can feel an honest flame.

But Love, the sprite, shall come bedite
　　To me in hodden-grey;
An' if sae clad he maunna come,*
　　E'en let him bide away.

Wi' wun's, an' streams, an' hills, an' flowers
  I'll make mysel' content,
Nor tyne for gauds I'd hae to seek
  The blessings that are sent.

'Mid country scenes an' hamely joys
  My life shall spin its thread;
The gowans, when they please nae mair,
  Will bloom abune my head.

Guid speed ye, sir, an' sae fareweel!
  What wad ye hae me say?
There's no ae whisper in my heart
  Whase saft voice bids ye stay.

THE AULD, AULD TALE.

COME, look intil my face, Jennie!
  Come sit beside my knee;
Come fauld your loof intil my loof,
  An' tell your grief to me.

An auld, auld tale o' love, lassie—
  O' witless love an' scorn—
The weird that trusting hearts mann bear,
  That trusting hearts hae borne.

Oh, sma's your faut—nae blush o' shame
  Need crimson on your brow;
Your mother's heart, my bonnie bairn,
  Is pleading for ye now.

F

Oh, light's the wyte that's yours, my bairn;
    Ye're free frae guilt an' guile;
How could ye dream o' treachery in
    Love's saft bewitching smile.

How could ye tell, my bonnie bairn,
    An' ye sae true an' young,
That guile dwalt in the winsome lilt,
    That love sae blithely sung?

Greet on, your tears are dews o' peace,
    I winna bid them stay,
The first grief o' a fond young heart
    Maun hae its wilfu' way.

I ken ae heart whilk peace has made
    His ane peculiar shrine,
That ance was toss'd wi' a' the woe
    That storms sae lood in thine.

In time it gat for the fause glow,
    From whilk it had tae sever,
The joy o' life, a true man's love,
    The flame that burns for ever.

Greet on, your sorrow's ill tae bide,
    But in the coming years,
Blessings may grow i'the path lassie,
    Ye hae sawn wi' your tears.

Rain are the tears o' heaven, my bairn,
    They bless where'er they fa';
There's blessings in the cauld north blast,
    The white drift o' the snaw.

There's no a storm that rairs i'the lift
   Hiding the stars o' heaven,
To whilk a gift o' blessedness
   Has not by God been given.

There's not a sorrow storms ower the saul,
   That hasna' a hallow'd power,
To make it white an' beautiful
   When the hurly-burly's ower.

Then dight your een, my bonnie bairn,
   Nor nurse a sackless sorrow,
However cluds prevail, sunshine
   Will gild some bright to-morrow.

Never had woe a biding hame,
   In heart in the field o' time,
That fell na on the shrinking saul
   The shadow o' a crime.

Dight, dight your een, my bonnie bairn,
   Ye've grattin' far ower lang—
Ye've borne the strake, let others dree
   The memory o' the wrang.

The day will come, your heart will pit
   Away its mournful pall;
They laugh to-day, wha then may murn
   The shadow on the saul.

It's no my prayer, fause hearted man,
   That sic weird ye should dree;
It's the peace o' peace when the heart forgets,
   An' it's holy tae forgie.

But the voice alone, that still'd the storm
  On the lake o' Galilee,
Can say intil the saul forget,
  An' tae the shadow flee.

LANGSYNE.

IS hair was like the driven snaw,
  His beard the siller twine;
His eyes were bright as evening's star,
His voice was like a trump o' war
  Doon in the lood Langsyne.

His form was like a tower o' strength—
  Stately as mountain pine;
Alack ! the might o' manhood's prime
Was garner'd by the hand o' Time,
  Doon in the dim Langsyne.

The red, red sun was low doon where
  The sea and sky combine;
And, rolling, 'neath the gold-flecked sky,
The fair earth seem'd to human eye
  A pure dream o' Langsyne.

He cried, " Haste, bring my harp, my heart
  Ilk present thought wad tine;
I hear the sough o' other days;
Walks 'mid yon glow o' golden rays,
  The spirit o' Langsyne.

" Bring me my harp, and I will sing;
  The gloamin' mocks my mind
With treasures shall be mine nae mair;—
The youth, the love, the hopes, that were
  The bright stars o' Langsyne.

" Bring me my harp, and I will sing
  Of joys that ance were mine;
Of my true love, and the honey'd bliss
That lived within her holy kiss,—
  The nectar o' Langsyne.

" Bring me my harp, and I will sing
  Of hopes that were divine !
Again I'll walk a stately man,
And tak my true frien' by the han',
  In the grey world o' Langsyne.

" Alack, alack ! that heart should seek
  A wreath o' sang to twine,
Frae the dark yew the blast has spared !
'Tis but affection's low kirkyard
  Doon in the dim Langsyne.

" Oh, sacred is the laigh kirkyard,
  Where sleeps our kith and kin' !
But, after sought, by memory's eyes,
Is the silent place o' the dead that lies
  In the brade land o' Langsyne.

" Turn, turn—ower lang that waefu' lan'
  Within our view has lain !
Upon the heart its shadows fall;
Oh, nought but sadness to the saul
  Comes frae the lost Langsyne.

" Oh, turn we frac that waefu' lan'
 Where death and silence reign !
'Tis memory that creates the hosts
Of unsubstantial, wailing ghosts
 That haunt our dim Langsyne.

" Why should we murn that time fulfils
 The Father's high design ?
Our hour is but a wintry blast !
Then be the dead, the lost, the past,
 Forgot wi' their Langsyne.

" Look into heaven, where thrones and kings
 In light eternal shine !
Look on the holy hill ! there rests
Nor round its base, nor on its crests,
 A light clud frae Langsyne.

" O faith, raise thou the voice of song—
 The song that is divine !
The angel of my spirit knows,
Round heaven, and soul, and God there grows
 Nae shadow o' Langsyne.

WAROAK BURN.

WHERE ye see a thread o' silver,
 Waroak's bonnie burnie rin,
 See its waves, a sheet o' silver,
 Fa'ing, rowing ower the linn,
Green an' bonnie is the holm lan';
Green an' bonnie is the wood;

In the lightsome simmer weather,
    When the sky's without a clud;
When the stars in countless numbers
    Blinks o' love an'·langing turn
On their ain sweet faces, gleaming
    In ilk pool o' Waroak Burn.

Oh, bitter dool ! oh, weary weird !
    That on the human race has fa'en;
Oh, sorrow, maun thy cypress croon,
    Aye wreathe the waefu' head o' man ?
Is there not in the hale braid earth,
    A hallow'd an' sequester'd spot,
Where he may big a couthy biel,
    An' thou, oh waefu' guest, be not ?
Oh, wha wad think 'mang scenes sae fair
    That ony human heart could murn ?
That poortith's cauld unwholesome blast
    Could wither hearts by Waroak Burn !

Oh, lissom lasses o' the Ha',
    Gang count your kirtles by the score;
There's eyes aboon ye wat na' o',
    Are reading how ye tent the poor !
The cauld negleck, the pridefu' geck,
    The words o' comfort lightly spoken,
Are no Heaven's balm to heal the hearts
    That poverty amaist has broken !
Gae lightly kame your silken hair,
    Gae blithely don your silken shoon,
For fortune, frae of auld, has been
    Unstable as the maiden moon;
An' it may fa' as it has fa'en,
    That she may tak' another turn;

The bright sun shines na evermare
   On Harden Ha' or Waroak Burn !

Oh, wha sae blithe, last simmer tide,
   In a' the glen as Lucy Shaw?
There beat nae heart sae free frae care,
   Frae Tintac Tap till Harden Ha'!
Her thoughts were like the morning glints
   That ower the dew blob'd meadow ran,
She was as lightsome an' as blithe
   As laverock 'mid the simmer dawn.
Oh, red, red were her honeyed lips,
   An' darkly blue her bright eyes rolled,
Her brent brow wore the lilies' sheen,
   Her silken locks were flecked wi' gold;
An' mony a ee wi' langing gaze,
   Frae Tintac Tap till Harden Ha',
Had watched her light foot brush the bent,
   Wi' sudden glint an' silent fa',
Nae lady she, for a' her days
   In a wee cothouse had been spent;
A lanely widow's only bairn,
   Puir lassie, she was weel content
To work an' sing through a' the day,
   An' wi' ilk gloaming's saft return
To wander, rapt in love's young dream,
   Wi' Sandy, by sweet Waroak Burn.

But when, frae circling sea to sea,
   The simmer shone in a' its pride,
A dowie lass she strayed her lane,
   Nae mair was Sandy by her side.
Her sunny blink was past an' gane,
   Her bonnie dream was rudely broken,

An' love's first sad saut tears were shed,
  An' the wae parting word was spoken.
Young Sandy sails ower seas where deep
  The mirror'd Southern Cross is seen;
Aft, Lucy, shall its beams recall
  The pure light o' thy bonnie een;
An' gazing where it gems blue heavens,
  Aft shall his tender thoughts return,
Borne on the wings o' youthfu' Hope,
  Swift wings, to thee an' Waroak Burn !

But deeper draughts frae sorrow's cup,
  Alas puir Lucy yet maun pree;
Maun waken frae her dream o' love
  And Sandy sailing o'er the sea;
For, when the white flower frae the thorn
  In whirling flakes began to fa',
An' frae its shelter peeped doon,
  In glist'ning green, the new formed haw;
The widow'd mother first began—
  An eerie sorrow at her heart—
To find, amid the hours o' toil,
  The glory o' her strength depart.
An' when the sough o' autumn wuns
  Gaed ower the harvest-laden lan',
She felt the holy power o' wark,
  For aye had left her willing han'.
An' when the autumn wore away
  An' nights were growing lang an' cauld,
She felt that heaven's saft rest wad soon
  Roun' a' her troubled senses fauld.
She ca'd her lassie to her side,
  The treasure o' her earthly love,

The gift o' God, wi' ilka thought
   O' her pure being interwove;
She bad her kneel beside the bed,
   An' on her head her han' she laid,
" God bless thee ! Father keep my bairn !"
   She kissed her an' she saftly said,
" O Lucy dinna grieve for me,
   Nor wi' a thriftless sorrow murn,
When God shall change to gems o' price
   My toils and tears by Waroak Burn !"

The waves can break, without a let,
   Where lowly lies the open shore;
An' want can lightly lift the latch
   An' enter the unguarded door !
An' want had made its presence felt
   While Death was lingering by the way;
But Lucy, wi' a sad brave heart,
   Wrought frae the dawn till close o' day;
An' the wan spirit, though so near,
   By love concealed remained unseen,
Till even Lucy's bonnie face
   Was hidden frae her mother's een.
And when December's blasts blew snell
   And whirled the sear leaf frae the thorn,
The tabernacle o' the saul
   To Waroak's laigh kirkyard was borne;
Then Lucy, in her wee bit cot,
   Maun by her lanely ingle murn,
Or nurse the sorrow o' her heart
   At gloamin' hour by Waroak Burn.

Oh busk ye, ladies o' the ha' !
   Oh busk ye to your ain sweet wills !

It was na for your sakes our Lord
    Roamed homeless mang Judean hills !
It was na for your dainty ears
    The Man, who sorrow's measure knew,
Said, " feed my poor!"   The hallowed words
    Were never meant for such as you !
Oh busk ye, busk ye trig an braw !
    Your satin kirtles spread abroad;
Your beauty an' your state maun stan'
    For duty, love, an' faith wi' God !

The Carl time held on his course,
    An' gloomy winter slid awa',
Spring cam', an' lood the throssil sang,
    In the green woods roun' Harden Ha';
An' nature wi' a mother's care
    In beauty decked her wondrous range;
But a' the thousand joys o' spring
    To lanely Lucy brought nae change.
Oh, let the beach an' hazel bloom,
    Oh, let the pale-browed primrose spring,
Oh, let the gowan gem the lea,
    An' let the blithsome throssil sing !
But she maun murn her loved an' lost,
    While saut tears dim ilk bonnie ee;
Ane sleeps in Waroak's laigh kirkyard,
    An' ane is far ayont the sea !
Ane never shall come back again;
    But oh, the other may return,
Sae she maun dree her weary weird,
    An' pray for help by Waroak Burn.

The simmer cam wi' smile an' sang,
    An' held her court in open air;

But what avails sweet simmer's reign
  To human hearts oppressed wi' care?
An' how shall simmer soothe her saul,
  An' how shall simmer dry her ee,
Wha murns ae love low in the dust,
  An' ane far, far ayont the sea?
An' when the breath of autumn sighed
  Through broon woods, an' ower yellow corn,
While white fog wreathed the early eve,
  An' white mist wreathed the dawning morn;
Ilk feeling gathered to a wish
  That her poor heart at rest might be,
Wi' her that slept by Waroak kirk,
  Or him that was ayont the sea.
When winter wi' its gurly blast
  Blew through the temple o' the day,
The angel Hope stoop'd in her heart,
  And spread his wings to flee away.
Then cam a change—nae mair her thoughts
  In silent sorrow sit an murn,
But on her troubled saul they rose
  Like the vexed waves on Waroak Burn.

Then cam an hour—the wintry wrack
  Was hidden frae the aching sight,
An a' the earth seemed wrapt within
  The silent holiness o' night;
An' a' the hosts o' heaven were forth,
  E'en frae Ben Crushan's gloomy law
To where the bending skies were blent
  Wi' the wan woods o' Harden Ha'.
She couldna rest within her cot,
  Beside her door she couldna bide,

Her feet maun tread the weel kent path
 That led to lanely Waroak side.
An' whan she cam to Waroak side
 The night was holy, calm, an' still,
The stars looked doon on Harden Ha',
 The moon peered ouer Tintac Hill.
Lang, lang she looked on Waroak pool,
 But nought she saw within its breast;
But the sweet faces o' the stars
 Clad in their beauty, peace, and rest.
She saw them in the darksome pool,
 She saw them in the heavens above;
They touched her spirit till it felt
 The presence o' Eternal Love.

She bowed her soul, she bowed her head,
 An' low she sank on bended knee,
Raised her thin, faulded hands and cried,
 "Oh God, my God, remember me!"
Or from its fulness spoke her heart,
 Or was her soul wrapt to the mood,
In which the seer of Israel's Host,
 Before the flame on Sinai stood?
An answering voice came from the pool,
 She heard it, plain as plain might be,
An angel's voice—it said "Arise!
 Poor child, thy God remembers thee!"
She looked to east, she looked to west,
 Saw but the stars in glory burn,
Heard but the low wind o' the night,
 An' the saft sough o' Waroak Burn.
She looked to east, she looked to west,
 An' but the silent stars she saw,

An' the moon saftly sailing ower
   The stately towers o' Harden Ha'.
Then she gaed slowly doon the burn,
   An' aft she murmured gentily,
" Oh, heart of mine, be strong to bear !
   " Poor child, thy God remembers thee !'"
An' when she reached to Waroak point,
   The moonlight bathed the cottage wa',   '
An' mid the sheen, oh, pooer o' love !—
   The rapture in the sight she saw !
Oh gleam o' heaven ! oh joy divine !
   Oh constant heart nae langer murn !
Her Sandy stands beside the door,
   Returned to love an' Waroak Burn !

Oh lissom lasses o' the Ha',
   Ye do nae weel to look sae high !
There's daisies in the lowly dell,
   As well as stars within the sky !
Some dearly przie the diamond brooch,
   An' light sauls lo'e the silken train,
But a' the honeyed joys o' life
   Ye scarcely yet can ca' your ain !
The heaven o' bliss in Lucy's breast,
   While hailing Sandy's safe return,
Sic hearts as yours shall never feel
   While stars look doon on Waroak Burn !

SANDY, COME HAME.

I'M dowie an' weary wi' hoping and waiting,
　　Wi' sitting an' sabbing, and sighing my lane;
　Ilk joy o' my heart and ilk vision o' pleasure,
　　Frae their howf in my bosom are vanished an' gane,
Yet I'm no a' my lane, I hae my bit wean,
　A bliss an' a woe, joy an' sorrow to me,
For the blink o' its een wraps my wild heart away
　To Sandy, my Sandy, wha's far ower the sea.
While the sun o' the morning glints braid ower the law,
　An' the blue waters curl round Atherburn cairn,
I sit on its tap an' cry, Sandy come hame,
　Hame, hame to yer wife and yer bonnie wee bairn.

I'm eerie an' weary at morning an' noon,
　I'm dowie an' sackless frae dawning till night,
I'm pale as a ghost 'mang the beams o' the moon,
　An' I wan'er athwort like a guilt-haunted sprite.
When I sleep, a' my sleep is an eerisome vision,
　As plain as if seen when I'm waukin, I see
A white sail that flees in the track o' a gale
　Far away ower a blue an' a boundless sea.
When there's foam on the water an' wind in the lift,
　An' the mirk o' the night blins the ee o' ilk starn,
Oh the cry o' my saul is, Sandy, come hame,
　Hame, hame to yer wife an' yer bonnie wee bairn.

Then aften a fear that is frightsome an' eerie,
　Possesses my heart, an' perplexes my brain,
An' I ken na frae where come the voices that whisper
　He'll never return to thy lorn love again.

Then I haud by my wean, an' greet ower my wean,
    An' sit like a creature affliction has stooned,
Till my saul minds the prayer that was breathed by my
        mother,
    On the dread night langsyne when my father was drooned.
Then my spirit is hushed wi' the peace o' the wisdom,
    That but frae the prayers o' our sorrows we learn,
An' faith whispers, God will bring Sandy in safety
    Hame, hame to his wife an' his bonnie wee bairn.

www.ingramcontent.com/pod-product-compliance
Lightning Source LLC
Chambersburg PA
CBHW032159010726
47493CB00008BA/2754